Hantés

Hantés

ANNE FAKHOURI

Collection dirigée par Guillaume Lebeau

RAGEOT ✸ *THRILLER*

Cet ouvrage a été imprimé sur un papier
issu de forêts gérées durablement,
de sources contrôlées.

Couverture : © iStockphoto/Vlue.

ISBN : 978-2-7002-4309-3
ISSN : 2259-0218

I

Taux d'activité paranormale : 15

– C'est vrai que ton père était flic ? C'est vrai qu'on l'a tué ? a ricané Idriss.

La stupeur de Samuel lui a donné le temps d'ajouter :

– Il paraît qu'il dealait. C'était un ripou ?

La phrase qu'Idriss lui a jetée au visage a heurté les parois de son crâne comme un insecte fou enfermé dans une boîte. Samuel a bondi au milieu des lycéens qui se sont arrêtés de parler, surpris.

Il a frappé, balançant sa rage et sa conviction à la tête d'Idriss comme s'il s'agissait d'un punching-ball.

– Mon beau-père, pas mon père…

Un coup de poing, précis, puissant.

– … n'était pas un ripou…

Un autre, plus fort, plus loin.

– … C'était un mec bien !

Un craquement sinistre lui indique qu'il a cassé le nez d'Idriss.

– … et toi…

Un autre coup, encore, puis un autre, un autre…

– … tu vas…

Un autre, un autre, un autre…

– … la fermer !

Debout dans la cour, la tête bouillonnante, le ventre en feu, le cœur prêt à rompre, Samuel a tapé.

Un sac à dos l'a attrapé à ce moment-là en plein visage. Il a senti la peau de sa joue se déchirer sous la griffure d'une boucle en métal. Il a alors réalisé l'horreur de la situation en voyant le corps d'Idriss sur le sol. Il a pris conscience des cris autour de lui et du bruit des pas des surveillants puis…

– Penses-tu en avoir encore pour longtemps ?

La voix tire Samuel de ses souvenirs, brutalement. Il n'est plus dans la cour, la joue droite barbouillée de sang, mais dans les toilettes de son nouveau lycée, face au miroir. En six mois, la petite balafre sur son visage n'a pas tout à fait cicatrisé et lui zèbre la peau d'une ligne rouge légèrement boursouflée. Son teint est plus pâle que jamais et les cernes mauves qui soulignent ses yeux lui donnent l'air d'un zombie.

Le type, que le miroir reflète derrière lui, le contemple en plissant les yeux. Il ne ressemble pas à un racketteur ni à un dealer. Il porte une chemise d'un blanc impeccable, une veste de costume grise et un jean et serre contre lui un cartable en cuir. Ses cheveux roux sombre bouclent au-dessus d'un visage fin et couvert de taches de rousseur. Le regard qu'il lui lance est à la fois amusé et narquois.

– Tu attends quelque chose ? demande Samuel.

– Que tu sortes, répond le jeune homme en étirant son sourire.

La sonnerie va retentir d'un instant à l'autre.

« D'accord, songe Sam. Nouvelles règles, nouvelle vie. Pas de disputes, pas de bagarres. »

Il pousse la porte d'un geste maîtrisé. Il ne s'explique pas pourquoi il n'a pas perçu la présence de l'intrus, lui qui a pour principe de rester toujours vigilant.

« Reprends-toi. Si tu déconnes encore, tu sais où tu finiras. »

Il ne regrette pourtant rien. Il a beau être plus petit que la moyenne et pas franchement sportif, il sait se battre. Pire. Depuis quelques mois, c'est la seule façon de calmer sa colère. Mais aujourd'hui, il doit se montrer plus prudent que jamais et gérer ses pulsions.

Car la menace de l'internat plane au-dessus de cette rentrée particulière, dans une ville de banlieue qu'il ne connaît pas. Bien sûr, tout le monde a essayé de le convaincre que ce serait une chance incroyable et que, compte tenu de ses résultats scolaires, il pourrait intégrer une pension correcte. Toutefois, il n'ignore pas que le médecin a conseillé à sa mère de l'éloigner d'elle quelque temps. Il a fallu toute la tendresse d'Emma envers son fils unique pour qu'il y échappe cette année. Il n'a pas le droit de replonger.

Samuel slalome entre les élèves qui se pressent vers leur classe en discutant, cherchant des yeux la salle qu'on lui a indiquée.

Elle est la dernière de l'étage, à droite d'une fenêtre qui donne sur les terrains de sport. Il vérifie une ultime fois qu'il est bien salle B12 – première S2 – et se faufile devant un groupe de filles qui attendent devant la porte ouverte. Elles le dévisagent d'un air moqueur lorsqu'il entre. Il est le premier. Le professeur l'invite à s'asseoir devant son bureau, d'un geste de la main. Quand Samuel se dirige vers les places du fond, l'enseignant esquisse un rictus de désapprobation.

« Bien joué, Samuel. Tu passes déjà pour un fayot auprès des autres et pour un cancre auprès du prof. Juste parfait. »

Il soupire intérieurement en voyant le jeune homme des toilettes s'installer près de lui. Il fallait qu'ils soient dans la même classe, évidemment...

La sonnerie pousse les élèves à avancer et à s'asseoir devant eux.

Après l'appel, le professeur principal distribue des fiches. Samuel remplit la sienne consciencieusement.

Samuel Kleber.

16 ans.

Redoublement : non.

Adresse : 97 rue Lepic, Paris 18e.

Il rature et corrige.

Langues : anglais, espagnol.

Centre(s) d'intérêt : musique.

Il hésite un moment et décide de ne pas mentionner « boxe française ». Inutile de suggérer qu'il sait se battre. Il ajoute : cinéma et lecture. Il évite de préciser qu'il ne lit que des bandes dessinées.

Matières préférées : chimie et sport.

La ligne suivante le fait réfléchir un moment. Définissez-vous en trois mots. Il inscrit : motivé, dynamique et impulsif. Il raye le dernier mot, de nouveau.

« Réactif. Le but est de se montrer sous son meilleur jour, non ? »

Il ne va quand même pas dire ce qu'on lui ressasse depuis l'enfance : rêveur, têtu... et depuis peu violent.

Le professeur récupère les fiches et commence son speech de début d'année, le même, invariablement, de classe en classe. Les profs manquent d'originalité. Ils discourent sur le travail et le comportement, quelle que soit la matière. De quoi donner envie de se remettre au lit et d'attendre que la journée passe. Samuel appuie son menton sur la paume de sa main et écoute d'une oreille distraite. Les maths sont sa matière forte, avec la chimie. Il n'aura pas besoin de beaucoup de conseils.

Son regard suit une fissure qui serpente le long du mur, près du tableau, puis saute d'une boursouflure, imprimée dans la peinture par l'humidité, à l'autre. Tout est calme. Certains élèves notent, d'autres, comme Samuel, se contentent d'écouter. Le professeur parle, emporté par son élan, mais les intonations de sa voix ne sont pas suffisamment théâtrales pour susciter l'intérêt. Samuel soupire. Cette rentrée va ressembler aux autres. Pénible et répétitive.

Soudain, il perçoit un claquement sonore et familier. Ses yeux quittent la progression imperceptible de la crevasse dans le mur.

« Est-ce que je suis le seul à entendre ? »

Il se redresse sur sa chaise, par réflexe. Il sait. Il connaît ce tintement venu d'ailleurs, qui résonne d'abord dans son cerveau, comme si quelqu'un ouvrait du pouce le loquet d'une porte minuscule... Le déclic.

« Oh, non, ça recommence ! »

Il tente de se concentrer. Un sifflement discret, comme l'échappée d'air d'un tuyau, lui indique que la crise débute. Un frisson glacé lui parcourt la nuque.

« Pas maintenant... »

Il y met de la conviction mais le bruit enfle, jusqu'à former un souffle plus puissant, puis un mot.

– *Souffrir.*

Son cœur bat plus vite. Il sent son sang pulser dans ses veines. Son estomac se serre.

Chaque crise, lorsqu'il ne parvient pas à la contenir, l'emmène un peu plus loin. De l'autre côté...

2

Taux d'activité paranormale : 20

La voix du prof émerge soudain de la tempête qui mugit dans sa tête, Samuel s'y accroche, comme à une bouée :

– La frontière entre un bon élève et un élève moyen est mince. Si vous ne voulez pas être largués dès le début de l'année, je vous invite à travailler dès aujourd'hui. Dès cette heure et cette minute. L'important est l'état d'esprit. Un élève de première S qui a un bon état d'esprit réussit. La frontière entre un bon état d'esprit et un mauvais est mince…

La frontière est mince. Quelques minutes, quelques secondes plus tard, peut-être, les voix briseront la frontière qui garde son esprit clair et déferleront dans son cerveau, l'empêchant de penser, de parler, d'entendre.

Vraiment trop tard. Un timbre féminin, jeune, s'élève, depuis le territoire inconnu de son esprit où « elles » restent tapies la plupart du temps, en attendant leur heure.

« Non, pas une jeune fille ! Ce sont les pires. Elles souffrent tellement… Elles hurlent tellement… »

Inutile de regarder autour de lui. La voix est dans sa tête.

– *Sors-moi de cet enfer !*

Un écho sinistre lui renvoie le dernier mot puis la litanie de la jeune fille reprend, suppliante :

– *Enfer ! Aide-moi ! Moi !*

« Je ne peux rien pour toi. Je ne peux pas t'aider. »

La voix devient un souffle mugissant, qui bataille pour prendre toute la place, comme une tornade balayant les restes de sa raison. Il n'y a que des cris, des chuchotements, jamais de visage… Des voix qui le rendent fou de douleur et de terreur, à se taper la tête contre les murs.

La classe vacille légèrement. Les lignes de l'estrade, du bureau, du tableau commencent à bouger, comme si la pièce se trouvait sur un autre axe.

– La géométrie… poursuit la voix du prof, devenue lointaine.

Axes variables. Une droite qui croise une autre droite.

Samuel se cramponne à la table et se force à garder les yeux ouverts. Il regarde devant lui, aussi attentif qu'il le peut, malgré le martèlement sourd qui l'empêche désormais d'entendre le prof. Deux garçons commentent à voix basse. Samuel voit leurs lèvres bouger, lentement, comme dans un rêve. Une fille au premier rang, une de celles qui ont souri en le voyant entrer dans la classe, jolie, les cheveux attachés, feuillette un manuel.

– *Personne ne me voit !* chuchote la voix désespérée.

Elle ne paraît plus venir de l'intérieur de son crâne mais du couloir.

– *Aide-moi !*

– Je ne peux rien faire, murmure Samuel.

Sa bouche est pâteuse et les sons à peine articulés.

Le garçon qu'il a croisé dans les toilettes se tourne vers lui puis vers le prof :

– Monsieur ? Mon voisin se sent mal.

Samuel baisse la tête.

– Tais-toi ! ordonne-t-il.

Il a parlé tout haut. La classe le dévisage. Le prof s'approche, zigzaguant entre les tables. Il sent le tabac et l'assouplissant.

– Voulez-vous sortir un moment ?

Samuel n'a pas le temps de réagir. Son voisin répond à sa place, plein d'assurance :

– Je crois, oui. Je l'accompagne.

Le prof acquiesce. Samuel se lève et titube jusqu'à l'allée. Les yeux braqués sur lui le poussent à presser le pas.

Quelques secondes plus tard, il s'appuie contre le mur du couloir et laisse les voix le traverser, la crise passer. Il connaît le processus.

Il se cale entre deux portemanteaux, le cœur battant la chamade. L'acier froid le calme un peu, alors que sa joue l'effleure. Le garçon qui l'a escorté hors de la classe se penche sur lui :

– Samuel, c'est ça ? Samuel, je ne veux pas t'inquiéter mais tu as l'air vraiment malade.

– Toi aussi, ahane Samuel.

Son camarade n'a pas remarqué la sueur qui lui coule sur les tempes et qui poisse la lisière de ses cheveux roux.

– Possible que je ne me sente pas très bien non plus, dit-il en écarquillant les yeux, comme s'il venait de le réaliser. Je t'amène à l'infirmerie.

Samuel se relève avec difficulté. Il sent alors le coup. Dans l'estomac. Un coup d'une force incroyable qui le renvoie contre un des portemanteaux, lui imprimant une douleur violente entre les omoplates.

– Tu as du mal à rester debout, constate son camarade de classe.

Samuel se tient le ventre à deux mains et réprime la nausée qui lui emplit la bouche d'un arrière-goût infect.

– Tu m'as frappé ? articule-t-il péniblement.

– Absolument pas ! répond le jeune homme.

Son air sincère déstabilise Samuel. Les voix, d'accord. Il a fini par trouver des solutions. Mais les coups ? En est-il arrivé au point d'imaginer qu'il reçoit des coups ? Il ne se laissera pas faire. Pas sans se battre. L'idée lui redonne un peu d'énergie, un reste d'instinct de survie. Il se redresse.

– Je vais chercher de l'aide, dit le jeune homme, d'un ton beaucoup moins assuré.

– Pas la peine… Pas de vagues…

La douleur aurait dû s'estomper mais il lui semble que quelqu'un a enfoncé un poing de fer dans son estomac. Il perçoit les contours de l'impact.

« Taré, taré, taré… »

– Qu'est-ce que vous fichez là ? intervient une voix autoritaire sur sa droite.

Un surveillant déboule des escaliers, non sans buter contre une marche et manquer de s'écrouler. Il jure et leur jette un regard furieux, comme s'il les en tenait pour responsables.

– Je ne me sens pas bien, plaide Samuel, en tentant de retrouver sa respiration.

Le surveillant l'examine. Le même air inquiet que celui du prof se dessine sur son visage.

– Effectivement, tu as une sale tête. Va t'asseoir dans le bureau, je m'occupe de toi plus tard. Et toi, tu l'accompagnes, ajoute-t-il.

Alors qu'il se dirige vers les escaliers, Samuel sent un souffle froid traverser ses vêtements.

– *Crève !* ricane une voix d'homme inconnue dans son oreille.

3

Taux d'activité paranormale : 0

La dernière fois qu'il s'est retrouvé dans un bureau de surveillants, Samuel savait ce qui l'attendait : une discussion interminable et moralisatrice, sanctionnée par le couperet de renvoi du proviseur. Là, il a retrouvé ses esprits mais, mal à l'aise et ankylosé, reste assis sur une chaise, immobile, à côté de son camarade. Droit comme un i, le visage impassible, ce dernier fixe la porte. De temps en temps, il souffle sur une boucle rousse qui lui tombe sur le front.

– Je m'appelle Darius Doorman, déclare-t-il soudain en se tournant vers lui et lui tendant la main.

– Tu as la paume moite, Darius Doorman.

– Désolé.

Darius sort un mouchoir de la poche intérieure de sa veste.

– Qui a encore des mouchoirs en tissu de nos jours ? s'étonne Samuel.

– Dans l'ordre : les écolos, les personnes âgées et quelques Anglais.

– Tu n'as pas l'air écolo.

– Je ne le suis pas. Mais ne le répète à personne, s'il te plaît.

Samuel sourit.

– Motif du renvoi ? demande-t-il.

– Qu'est-ce qui te fait croire que j'ai été renvoyé d'un lycée ? l'interroge Darius, étonné.

– Je sais pas... Je suppose que tu n'es pas là de ton plein gré. Un mec comme toi doit avoir le choix.

– Disons que Paris est une ville un peu trop peuplée à mon goût.

– Tu es servi, ici, maugrée Samuel. J'avais jamais fichu les pieds en banlieue avant. Pas aussi longtemps, en tous cas.

– D'où viens-tu ?

– Montmartre. Le meilleur quartier de Paris. Et toi ?

– Londres. Mais je suis là depuis l'année dernière, ajoute Darius, avec un air amusé. Motif du renvoi ?

– Je te laisse deviner.

– Un peu de mal à canaliser ton énergie ?

– Un peu de mal à garder les mains dans les poches, précise Samuel.

– Ce n'est pas très poli, de toute façon, répond Darius.

– Et puis rester dans le quartier devenait pénible pour ma mère. Elle y a trop de souvenirs de mon beau-père. Il est mort, il y a quelques mois.

– Je suis désolé.

– Tu n'y es pour rien, lance Samuel, en faisant un geste vague de la main.

– Tu te sens mieux en tout cas, on dirait.

– Ouais. Étrange.

La facilité avec laquelle il parle à Darius l'étonne. Il ne se croyait pas capable, jusque-là, d'évoquer si simplement la mort de Tug.

– Le lycée est correct, reprend Darius. La cantine, classique. Tu n'as rien à attendre des autres, à part peut-être des devoirs mal notés les jours où tu auras été absent. Les surveillants sont toujours surchargés de travail. On peut les éviter, si on se débrouille bien. Le proviseur est plutôt compréhensif, sauf en cas d'insolence.

– Pas mon genre.

– Si tu le dis.

La porte du bureau s'ouvre sur une femme agacée de les découvrir assis là.

– Malade le premier jour ? Vous vous fichez de moi ? grince la surveillante.

– Je vais mieux, en fait.

– Comme par hasard ! Alors, retournez en cours sur-le-champ. Et vous, Doorman, quittez cet air affecté.

Elle disparaît en coup de vent.

– Pas commode, murmure Samuel en refermant la porte derrière lui.

– Tu devrais quand même prévenir ta mère que tu as failli tomber dans les pommes. C'était impressionnant à voir.

– Je ne suis pas tomb… commence Samuel.

Il ne peut pas avouer qu'il a eu l'impression de recevoir un coup de poing dans le ventre.

– Tu as raison, je lui dirai en rentrant, se reprend-il tout en se promettant de n'en rien faire.

Il sait que, par-delà la menace de l'internat, plane celle de l'hôpital, qui tient en quatre mots jetés sur le papier, dans son dossier médical :

Psychotique à tendance dépressive.

4

Taux d'activité paranormale : 0

Samuel essaie une nouvelle fois d'insérer la clé dans la serrure. Sa main tremble. Cette première matinée de classe a été éprouvante. Au bout de la troisième tentative, il sonne.

Il espère que sa mère est là, et pas au magasin de bricolage où elle passe une bonne partie de ses journées, en prétextant des travaux interminables pour repousser le moment où il faudra vraiment aménager l'appartement. Il a besoin de parler à quelqu'un. Sa mère a toujours été capable de l'écouter. Elle a cette façon bien à elle de pencher la tête quand les mots ne sortent pas, comme pour les aider à trouver leur voie.

Les yeux rougis, cheveux blonds décoiffés, elle l'observe devant la porte ouverte, un sourire forcé aux lèvres. Un mauvais jour.

– Alors, c'était bien ? demande-t-elle à toute vitesse. Tu te plairas dans ce bahut ?

– Sûr, dit-il. Tu as encore pleuré, maman ?

La question fait venir deux larmes au coin des yeux d'Emma. Elle tente de les retenir mais son chagrin, comme sa gaîté ou sa colère, est incontrôlable. Samuel et elle se ressemblent.

« Deux petits pois dans une cosse », disait Tug. La silhouette athlétique de son beau-père lui revient en mémoire, en même temps que son regard confiant et ses éclats de rire. Il aimerait le voir surgir du couloir, cheveux en bataille, les mains dans les poches, l'esprit occupé par un sujet grave. Mais il n'y a que sa mère, l'air si fragile à cet instant qu'il voudrait la prendre dans ses bras. Elle recule d'un pas pour le laisser passer, avant de lâcher :

– C'est idiot. Je n'ai pas pu m'en empêcher. Rentre. Ugo et Balder sont là.

Samuel soupire, sans trop savoir ce qu'il ressent. D'un côté, la présence des coéquipiers de Tug le rassure. Il les connaît depuis qu'il est petit. De l'autre, il n'a plus envie de remuer ses souvenirs. Ugo et Balder lui rappellent les moments passés au café, lorsqu'ils avaient fini leur service et qu'ils abandonnaient leur rôle de flics pour se détendre et discuter. Enfin, sauf Balder qui n'est jamais parvenu à lâcher prise. Ils étaient les partenaires mais aussi les meilleurs amis de Tug. Les retrouver le renvoie immanquablement à des heures heureuses qui ne reviendront jamais.

Les larges épaules de Balder se sont encastrées dans un fauteuil, perdu au milieu des cartons. Il a l'air soucieux, comme à son habitude, le regard caché par ses cheveux noirs, mi-longs, mal coiffés. Balder a toujours mis Samuel mal à l'aise. Il parle peu, jamais de lui et sourit encore moins. En face de lui, Ugo, bras sur le dossier du canapé, jambes négligemment croisées, rasé de frais, la coupe courte, accueille Samuel avec un sourire chaleureux. N'importe qui reconnaîtrait deux flics en civil à leurs blousons en cuir râpé, à leurs chaussures usées. Samuel sait que lorsqu'ils sont dans la rue, ils s'avèrent d'une discrétion à toute épreuve. Des professionnels, tout comme Tug l'a été.

– Balder voulait venir seul, annonce Ugo en pointant le menton vers son collègue. Tu le connais. Solitaire comme un vieux loup. Mais on ne se débarrasse pas de moi si facilement.

Il éclate de rire, tandis que le visage de Samuel se crispe. C'était une des phrases favorites de Tug, de celles qui faisaient sourire et exaspéraient à la fois.

« Pas bien malin. La dernière chose dont ma mère a certainement envie, c'est de voir les deux collègues de son mari débarquer dans son nouvel appartement… »

Mais il ne dit rien et s'assied sur un tabouret, entre eux deux.

Balder se lève, demande où se trouvent les toilettes et s'éclipse.

– Et ton nouveau bahut, Sam ? interroge Ugo.

– Correct, répond Samuel.

– Et le labo ? Je sais que tu adores la chimie…

– Pas vu le labo.

– En parlant de mélanges bizarres, j'ai croisé Henri, hier. Il vous embrasse.

Samuel sent l'étau se desserrer de sa poitrine. Henri... De loin la personne qu'il aime le plus, après Emma et Tug. La silhouette du vieux marabout lui revient en mémoire et il sourit. Ugo, croyant qu'il s'adresse à lui, déclare :

– Je suis bien content de te voir, petit. Je t'ai rapporté ceci.

Il extrait de sa poche un carton plié.

– Le ticket du manège de la place des Abbesses. Tu te souviens, Sam ?

– Évidemment.

Ce manège fabuleux, rempli de fusées et de soucoupes volantes, tenu par un grand type qui ne parlait pas un mot de français... le plus chouette manège du monde. Il devait avoir sept ans. Tug et Ugo lui avaient acheté un carnet de dix tickets. C'était un dimanche pluvieux, au printemps. Samuel avait fait neuf tours. Neuf ! Il n'y avait qu'avec Tug et Ugo que les gosses avaient le droit à neuf tours de manège. Tug et Ugo étaient restés sur le côté, à lui adresser des signes de la main.

– Je garde le dernier ticket pour la prochaine fois, avait annoncé Tug.

C'était ce qui se rapprochait le plus de son idée de l'éducation. Sa conception de la sévérité.

La semaine d'après, le propriétaire avait plié bagage. Le dixième ticket n'avait jamais servi.

– Quand il reviendra... disait Tug, dimanche après dimanche, devant la place vide.

Le manège avait finalement été remplacé par un autre. Samuel n'avait pas su contrôler ses larmes.

Ugo avait fini par prendre le ticket et, le tournant entre ses doigts, l'avait empoché.

– Bon, petit... Tu vas m'écouter. Ce ticket, puisqu'il te fait pleurer, c'est moi qui le garde. Et si un jour je recroise le manège sans toi, je ferai un tour. D'accord ? Je ferai un tour en pensant à toi. Tu me dois bien ce cadeau, gamin, vu le nombre de fois où je t'ai regardé tourner dans ces saloperies de fusées... Grâce à toi, je vais m'éclater. J'ai un bon prétexte pour refaire un tour de manège, peut-être le dernier... Parce qu'il nous faut des prétextes, à nous les adultes. C'est un accord, Sam ?

Sam avait arrêté de pleurer et topé là. Tug avait ri. Ugo aussi. Ugo et Tug se ressemblaient terriblement.

Dans le nouveau salon, à des années et des kilomètres de leur manège, Ugo lui tend le ticket.

– C'est à toi qu'il revient, chuchote le flic d'une voix douce.

– J'ai plus l'âge de faire du manège.

– Moi non plus. Mais j'ai bien réfléchi. Peut-être que l'adulte qui doit faire un dernier tour de manège, c'est toi, Sam. J'étais juste le gardien de ce ticket. Il ne m'a jamais appartenu.

– Sans Tug, ce ticket ne veut plus rien dire.

Une pointe douloureuse se plante dans sa poitrine et il ajoute :

– C'est pas une histoire de manège qui arrangera les choses, Ugo. Je t'ai jamais demandé de venir me consoler comme si j'étais un gosse.

– Alors, qu'est-ce que je peux faire pour toi ? rétorque Ugo d'un ton sérieux.

– Prouver l'innocence de Tug.

Un silence s'appesantit soudain sur la pièce. Emma regarde ses pieds, puis Ugo et Samuel. Le flic a une moue gênée.

– Justement, Samuel. Je ne viens pas avec de bonnes nouvelles. Le principal suspect avait un solide alibi. Le parquet ne fera pas appel du jugement rendu contre Tug.

– C'est tout ce que tu as à nous annoncer ? balbutie Samuel.

– Hugo est honnête avec nous, soutient Emma. Ta remarque est injuste, Sam.

– Ce qui est injuste, c'est que ce salaud soit en liberté et que le jugement condamne Tug, répond-il en sentant la colère monter en lui.

– Le procès a eu lieu, Samuel. Tug a été reconnu coupable d'avoir perçu des pots-de-vin de criminels notoires. Les preuves ont été retrouvées dans son bureau.

– Parce que tu crois Tug assez idiot pour avoir laissé des preuves dans son bureau, au milieu du commissariat ?

La rage gronde, menaçante.

– Il n'aurait jamais rapporté de documents compromettants à la maison, avance Emma. Il a sans doute voulu nous protéger...

La première digue rompt. Le flot déferle, sans aucune mesure.

– Tu dis n'importe quoi ! rugit Samuel en bondissant sur ses pieds.

Emma se redresse et se tient devant lui, les joues soudain empourprées.

– Qu'est-ce que tu veux prouver, à la fin ? s'écrie-t-elle à son tour.

– Ce que tu devrais chercher ! La vérité !

– Écoute, Samuel, je comprends que tu aies du mal à accepter l'idée que Tug soit coupable ! crie Emma. On a déjà eu cette conversation ! On a eu toutes les conversations qu'on pouvait avoir sur Tug. Il n'était pas celui qu'on croyait. Moi aussi, je l'aimais. Et c'est aussi pour cette raison qu'on doit accepter cette idée. On peut aimer les gens quand ils déconnent !

– Alors pourquoi tu pleures ? rétorque Samuel, sans baisser le ton. Et pourquoi tu ne veux pas me croire ? On le connaissait mieux que n'importe qui ! Tug n'aurait jamais fait une chose pareille !

– Tug a toujours dit qu'il ne se laisserait pas tuer comme un lapin au fond d'une cour ! hurle Emma. Et pourtant, c'est ce qui s'est passé !

– OK, OK ! intervient Ugo en se mettant entre eux. Moi, je te crois, Sam. Tug n'était pas un ripou.

– Arrête, Ugo, l'enjoint Emma en tentant visiblement de retrouver son calme. Ça ne sert à rien. Samuel ne veut pas comprendre que l'appel du parquet et un nouveau procès nous replongeraient dans cette histoire. Je veux passer à autre chose... oublier...

Les poings serrés, Samuel ouvre la bouche pour répondre. Mais les mots se bousculent à toute vitesse. Il ne s'est jamais senti aussi loin de sa mère.

– Je crois que chacun de nous doit retrouver un peu de self-control, dit Ugo d'un ton ferme.

– Tu ne feras rien, toi non plus ? gronde Samuel. C'est ça, Ugo ? Tug n'aurait jamais laissé tomber, lui !

Il se tourne vers sa mère et lance :

– Et si tu aimais vraiment Tug, tu n'accepterais pas cette situation !

– Je n'ai pas à me justifier auprès de toi, Samuel, riposte Emma, d'une voix glaciale.

Le coup a porté.

Le silence brusque d'Emma, son regard dur, le poussent vers le couloir, tandis qu'Ugo murmure un « Je suis désolé » qui se perd dans l'écho de la pièce.

5

Taux d'activité paranormale : 0

Se cacher. Partir. Le souffle court et la poitrine serrée, Samuel tente de se calmer. Il regrette d'avoir agressé Ugo. Ugo était le meilleur ami de Tug. Son ami à lui aussi. Il regrette d'avoir agressé sa mère. Mais tout le révolte. Tout, et surtout le sentiment qu'il est seul contre tous. Il reste quelques secondes immobile, guettant le début d'une nouvelle crise, haletant.

Un bruit derrière la porte du bureau entrouverte détourne son attention. Il se souvient que Balder a quitté le salon depuis un moment.

Doucement, il pousse la porte du pied. La pièce paraît minuscule, encombrée de cartons, de sacs plastique et de bibelots encore emballés dans du papier journal. Au milieu, Balder ressemble à un géant coincé dans une maison de poupée abandonnée. Ses mains disparaissent dans un des cartons posés sur le secrétaire. Samuel fronce les sourcils.

– Tu cherches du papier ? lance-t-il.

– Non, marmonne le lieutenant, en tournant la tête. Je… je regardais ça.

Samuel découvre dans la main du flic une photo prise dans un restaurant dont il reconnaît les banquettes rouges et les peintures abstraites accrochées au mur. Attablés, Tug et Ugo tendent leurs verres vers l'objectif. À côté de son beau-père, Balder sourit presque, un peu en retrait. Un moment heureux.

– Ce sont les affaires de Tug, fait remarquer Samuel, contrarié.

Balder repose le cliché au milieu des crayons et des dossiers jetés pêle-mêle au moment du déménagement. Samuel se souvient du geste rageur de sa mère, quand elle a scotché le carton, pour bien montrer que tout était terminé.

Samuel défie le lieutenant du regard, tandis qu'il revient vers la porte. Lorsqu'il arrive à sa hauteur, ils restent là, face à face, l'un attendant que l'autre se pousse pour le laisser passer. Samuel ne bouge pas d'un centimètre. Le visage de Balder exprime de l'irritation, sous la lassitude maussade qui ne le quitte presque jamais. Il desserre les dents pour lâcher :

– Fais attention à toi, petit.

Samuel sent son ventre se contracter.

– Fais vraiment attention à toi.

La menace se précise. Quand Balder s'éloigne au bout du couloir, Samuel s'adosse à l'encadrement de la porte et respire un grand coup.

Puis il avance jusqu'au secrétaire et vérifie le contenu du carton. Des dossiers, la photo. Et le porte-clés de Tug, un léopard en tissu, de loin le plus laid du monde, de l'avis d'Emma et du sien. Combien de fois se sont-ils moqués de lui à ce sujet ? Mais il tenait particulièrement à ce porte-clés, pour des raisons qu'il n'avait jamais expliquées. Samuel grimace. À chaque fois qu'il tombe sur un des objets que Tug chérissait, son cœur s'affole. Il s'empare de la photo. Le sourire de Tug lui saute au visage.

« Méfie-toi de tout le monde, semble-t-il le prévenir. Un jour, je souriais, avec mes deux meilleurs amis. Le lendemain, j'étais mort parce que quelqu'un avait décidé que je devais disparaître de la surface de la Terre. »

Tug avait promis de le protéger.

« Hé, Sam, reprend le sourire heureux sur la photo. Est-ce qu'une fois, une fois seulement, je n'ai pas tenu une promesse ? »

– À part celle de ne pas te faire descendre comme un lapin au fond d'une cour ? Jamais. Et moi aussi, j'ai promis.

Sur la tombe de Tug, parmi les quelques amis et voisins qui ont accompagné son cercueil, il a juré qu'il retrouverait son meurtrier. Pas pour se venger, non. Tug disait que la vengeance n'était pas une arme fiable, qu'elle faussait les comptes. Il avait toujours été du côté de la justice et de ceux qui en ont besoin.

À cet instant, Samuel a le sentiment d'être seul face au monde. Emma veut oublier, Ugo n'agira pas si elle s'y oppose. Quant à Balder… Samuel ignore encore ce qu'il cherche mais ne compte pas le laisser faire.

Après avoir hésité une seconde, il s'empare des dossiers et du porte-clés de Tug. Le contact du tissu lui procure un apaisement immédiat. Sa colère se dissipe. Il soupire de soulagement.

Cette fois, il n'aura pas de crise.

6

Taux d'activité paranormale : 30

Le lendemain, Samuel se lève le premier pour éviter sa mère. Il ne sait pas comment s'excuser, ni rattraper ce qu'il a dit. Il ne sait même pas s'il en a envie. Avant, tout était plus facile. Tug faisait le lien entre mère et fils, quand leurs disputes les avaient menés trop loin. Désormais, Samuel comprend qu'il doit agir seul.

Il prend sa douche rapidement, s'habille sans prêter attention à ce qu'il enfile comme chaque matin et, fourrant les dossiers de Tug dans son sac à dos, sort en silence.

Traverser son nouveau quartier sans âme le met mal à l'aise, lui qui a passé sa vie à arpenter les rues grimpantes et colorées du 18e arrondissement. Tout paraît terne et routinier autour de lui. Les gens portent leur quotidien sur leur visage et se ressemblent tous. S'il s'écoutait, il prendrait le premier RER pour Paris.

« Il vaut mieux rester discret. J'irai voir Henri mercredi. »

Apaisé par cette idée, il marche jusqu'au lycée. En se dirigeant vers la salle indiquée sur son emploi du temps, il ne retrouve pas le brouhaha strident de ses camarades. Le carrelage du couloir résonne sous ses pas. Il entrevoit une silhouette, dans un coin. En s'approchant, il reconnaît Darius, plongé dans un livre qu'il tient d'une main avec une posture élégante.

– Salut, Darius, dit-il d'un ton qu'il veut engageant. On n'a pas labo, ce matin ?

– Pas la première semaine.

– Qu'est-ce que tu fais là, alors ?

– Je t'attendais, réplique tranquillement Darius.

– Tu savais que j'allais venir ?

– Je me doutais que tu te tromperais, comme la plupart des nouveaux. Un café ?

Samuel acquiesce et le suit.

La terrasse du café voisin est occupée par une bande de terminales, et Darius entraîne Samuel vers le fond de la salle. Ils s'attablent dans un coin.

– Si je suis indiscret, tu m'arrêtes, annonce Darius, à peine assis.

– Pour l'instant, c'est supportable. Mais vas-y.

– De quoi ton beau-père est-il mort ?

Sa voix est nette, sans émotion. Samuel sent qu'il ne cherche pas vraiment le contact, qu'il récolte plutôt des informations. Entre ses yeux, une petite ride montre qu'il est préoccupé.

– Il a été tué, dit Samuel, en braquant son regard dans celui de Darius.

– S'est-il passé quelque chose, après ? continue Darius de son ton neutre.

– On a déménagé, bougonne Samuel, agacé. Je te l'ai déjà dit. C'est un interrogatoire ?

– Je suis désolé, répond Darius, sans se démonter. J'essaie seulement de comprendre.

– Pourquoi ?

– Je m'intéresse.

– Tu n'as pas d'amis, Darius Doorman, hein ? lance Samuel.

– Non. Mais je crois que tu n'en as pas tellement non plus. Les gens comme toi et moi ont souvent du mal à se lier avec les... normaux.

Darius a hésité sur ce dernier mot.

– Les normaux ? Vraiment ? ironise Samuel.

Le ton posé et l'air poli de Darius commencent à l'énerver sérieusement.

– Je ne pense pas me tromper en disant que tu souffres de la même chose que moi, Samuel. C'est pour cette raison que je voulais te parler.

– Et tu souffres de quoi, exactement ? À part d'un cruel manque de lien social ?

– J'ai ce qu'on appelle des hallucinations psychotiques.

Samuel ouvre la bouche et la referme aussitôt. Darius a un rictus satisfait et reprend :

– Quand j'avais dix ans, j'ai été victime d'un kidnapping.

– Rien que ça...

– Mon père est riche, influent et assez connu. Nous vivions aux États-Unis à l'époque. Une nuit, l'homme chargé de notre sécurité s'est introduit dans ma chambre et m'a enlevé pendant que je dormais. J'ai passé trois jours enfermé dans une cabane au milieu de nulle part. Quand les policiers ont encerclé l'endroit, le type s'est tiré une balle dans la tête. Devant moi. As-tu déjà vu une cervelle exploser, Samuel ?

Darius pointe son index sur sa tempe et mime le geste, avant de continuer :

– Il est assez étonnant de constater les points communs entre notre boîte crânienne et une grosse pastèque.

– Tu peux m'épargner les détails.

– Désolé. Bref, j'ai été sauvé mais mon cerveau ne s'en est jamais remis.

– Qu'est-ce qui te fait croire que je suis comme toi ?

– Tu as le teint livide, des cernes sous les yeux, tu ne dois pas beaucoup dormir. Hier, tu as parlé à quelqu'un qui n'était pas là. Ce sont des symptômes significatifs.

– Admettons. Tu veux en venir où ?

– J'aimerais confronter nos expériences, annonce Darius, solennel. Mes hallucinations prennent la forme de personnes qui revivent inlassablement leur mort. Ils refont les mêmes gestes. Comme si l'homme qui s'est tué devant moi se multipliait à l'infini.

Samuel est plus impressionné qu'il ne souhaite le montrer.

– Moi, je ne vois personne. J'entends. Tu as l'air de connaître le sujet.

– Mon père est neurochirurgien et psychiatre, explique Darius. J'ai fait plus de tests dans mon enfance qu'un rat de laboratoire.

– Est-ce qu'on peut guérir de ces hallucinations ?

– Mon père affirme qu'il faudrait dépasser le traumatisme, ne pas l'ignorer mais le gérer. Facile à dire… Il en convient lui-même.

La serveuse les interrompt, la main sur la hanche.

– Je vais devoir encaisser, lâche-t-elle, mal aimable.

« On en est tous là. »

Samuel sourit à cette pensée et répond, détendu :

– Bien sûr.

Il fouille dans ses poches et pose le contenu de sa collecte sur la table.

– J'ai dit que je t'invitais, rappelle Darius, en extirpant un portefeuille en cuir de sa poche intérieure.

Il règle l'addition, tandis que ses yeux se fixent sur le porte-clés de Tug.

– Une esthétique intéressante, sourit-il.

– Il était à mon beau-père, lâche Samuel, en serrant les dents.

– Désolé.

– Tu t'excuses tout le temps ?

– Je manque parfois de tact, précise Darius.

– Étonnant pour un Anglais.

– Ma mère est italienne. Je peux ?

Samuel hésite mais Darius a déjà saisi le léopard et le retourne entre ses mains.

– Tu aimais ton beau-père, je suppose, murmure-t-il.

– Tu as raison, mec, tu manques vraiment de tact. Ouais, je l'aimais. Tug était pour moi ce qui se rapproche le plus d'un père. Je n'en ai plus depuis mes trois ans.

– Mort ?

– Envolé. Plus de nouvelles. Tug a épousé ma mère un an après. Un coup de foudre, d'après eux.

Samuel a parlé d'un ton détaché, presque indifférent. Pourtant, chaque mot de la dernière phrase le heurte, alors qu'elle se répercute dans son esprit. La rencontre de Tug et Emma était devenue une légende, chacun réinventant une nouvelle version, améliorée d'année en année.

« Ta mère n'arrêtait pas de parler, répète la voix de Tug dans l'esprit de Samuel, soudain projeté des années en arrière. Mais franchement, je n'aurais voulu qu'elle se taise pour rien au monde. »

Darius le ramène à la réalité en agitant le porte-clés sous son nez.

– Est-ce toi qui l'as fabriqué ? questionne-t-il.

– J'ai une tête à faire des porte-clés ?

Darius rit et s'abstient de répondre.

– Il y a quelque chose à l'intérieur, ajoute-t-il.

– Comment ça ?

– Tâte-le.

Il lui tend l'objet. Effectivement, Samuel sent une bosse dure sous le rembourrage. Son doigt suit la couture sur le dos de l'animal en tissu.

– Sais-tu à quoi servent ces clés ? questionne encore Darius.

– Ce sont celles du bureau de Tug, au commissariat. Il était flic, l'informe Samuel. Tu as un couteau ?

– Bien sûr ! Je l'ai rangé avec mon revolver.

– Un partout, sourit Samuel. Si je demande un couteau à la serveuse, vu son amabilité, elle va me planter avec. Des ciseaux ?

– Peut-être.

Darius fouille dans sa serviette en cuir et en sort une paire de ciseaux. Avec précaution, Samuel passe une des lames sur la couture du porte-clés et coupe le fil. Puis il retire le rembourrage du corps du léopard.

– Alors ?

– C'est un pendentif, murmure Samuel en sortant l'objet du porte-clés.

– Ton beau-père était un sentimental.

– Il avait sans doute une raison de le planquer là.

Samuel dépose le pendentif sur la table, entre les tasses. C'est un anneau d'un centimètre de hauteur, de trois de diamètre, attaché à une cordelette de coton usée. Deux cercles de fer en emprisonnent un autre, en cuivre, surmonté d'une molette. Samuel l'actionne, découvrant des inscriptions gravées à l'intérieur de l'objet.

– Deux L. Et des chiffres.

– As-tu une idée de ce que ça signifie ?

– Aucune.

– Montre-le-moi.

Samuel pousse le pendentif jusqu'à Darius qui le prend, joue avec la molette et tire la cordelette entre deux doigts.

– On dirait un instrument de navigation, remarque-t-il. Regarde, il y a un pas de vis. Je suppose qu'on peut le planter sur un socle.

– Pourquoi Tug aurait eu un instrument de navigation ? Il n'a jamais quitté Paris !

– Aucune idée. Il fait froid, là, non ?

Samuel quitte le pendentif des yeux pour dévisager Darius. Il est plus pâle que la mort et une sueur épaisse lui coule le long des tempes, comme la veille dans le couloir.

– Je suis désolé, souffle Darius. Je crois que…

Il tourne subitement la tête. Samuel suit son regard. Rien.

Pourtant, Darius émet un son inarticulé et blêmit. Ses traits se sont figés. Il paraît terrorisé. D'un bond, il se lève, bousculant la table. Les tasses glissent sur le bois et s'entrechoquent.

– Attends ! s'écrie Samuel.

Il harponne le garçon par le poignet. Une onde électrique les traverse. Darius sursaute. Samuel reconnaît le frisson glacé qui le parcourt quand il entre en crise.

Il n'entend cependant que le ronronnement agaçant des voitures sur la route et la voix des clients qui se tournent vers eux. La seconde d'après, une ombre se forme en silence. Il y a d'abord un éclair, suivi d'un petit tourbillon de poussière jaune. Du sable – du sable ? se demande Samuel – jaillit de toutes parts, en jets flous, sur le sol du café. Avant d'atteindre le carrelage, il se volatilise, comme sous l'effet d'un coup de vent.

Un adolescent à la peau noire, les cheveux courts, les pommettes saillantes et les yeux ardents, apparaît devant eux. Il les fixe bizarrement.

« Il nous voit ! »

Après les avoir dévisagés, le garçon éclate de rire. Et, avec une joie furieuse, commence une danse guerrière, venue du fond des âges, qui se mue peu à peu en un rythme plus moderne, à des pas proches de ceux du hip-hop. Toujours dansant, le jeune homme se rapproche d'eux et s'arrête brusquement.

Samuel écarquille les yeux. Le visage du jeune Noir est désormais tout proche du sien. Il ne sent ni sa respiration, ni sa chaleur, ni son odeur. Son regard brûlant de colère et de détermination emplit tout l'espace. Il n'y a plus de sourire. Juste la fureur et le silence.

Les mains du jeune homme serrent une arme invisible et parent un coup. Puis, il s'arc-boute, l'arme contre son ventre, et tire des rafales de balles dans leur direction.

Samuel entend leur sifflement. L'instant d'après, il se plie presque en deux, comme sous l'effet d'un coup de poing. Instinctivement, il inspecte son ventre.

« Du sang ? »

Oui, du sang. Les balles sont aussi impalpables que celui qui les a tirées mais le sang produit déjà une tache qui s'étale lentement jusqu'au bas de son tee-shirt. Le temps d'un clignement d'œil, l'auréole rouge a disparu. Un hurlement rageur l'oblige à relever la tête.

Le guerrier, la mâchoire serrée, se jette sur lui, mains tendues, doigts griffus, prêt à lui déchiqueter le visage.

Samuel crie à son tour. Le guerrier l'observe, les yeux soudain traversés par une lueur d'étonnement. Il semble réaliser qu'il ne peut pas toucher Samuel, contemple ses mains ouvertes et, sans remuer les lèvres, souffle deux mots :

– *Hatari. Rukundo.*

Et il pointe du doigt la poitrine de Samuel. Le froid se dissipe comme il est venu. Le fantôme disparaît.

Samuel cligne des yeux. Un calme étrange règne autour d'eux. Une brise charrie l'odeur repoussante de pots d'échappement dans le soleil. À ses côtés, Darius tremble.

– Darius ? dit Samuel, le cœur battant, en détachant ses doigts du bras du jeune homme. Tu as vu la même chose que moi ?

Darius hoche la tête, des larmes au coin des paupières. Il faut quelques secondes à Samuel pour sentir les siennes couler le long de ses joues. Et quelques secondes supplémentaires pour remarquer que Darius et lui serrent les poings d'un geste rageur.

Au milieu de la table, parmi les tasses et les soucoupes jetées pêle-mêle, le pendentif tourne lentement sur lui-même.

7

Taux d'activité paranormale : 0

– Tu l'as vu, toi aussi ? répète Samuel.

Ils sont sur le trottoir, loin des hurlements de la serveuse et des commentaires des clients.

– Oui, un jeune guerrier noir, répond Darius avec le plus grand calme.

– Tu l'as entendu ? Hatari, Rukundo, murmure Samuel.

Darius acquiesce, pâle, mais reprend son air détaché :

– Le cerveau est un organe fascinant. Ne crois-tu pas ?

– Ce n'était pas une hallucination, si c'est ce que tu sous-entends ! s'insurge Samuel.

Des passants se retournent. Samuel serre les poings. Au fond de lui, une colère sourde et très ancienne l'empêche de prononcer les explications qui pourraient convaincre Darius.

– C'était un fantôme, peut-être ? ironise Darius.

Samuel a un geste furieux de la main.

– Parfois, plusieurs personnes se persuadent qu'elles voient la même chose au même moment, reprend Darius. Il y a eu plusieurs cas d'hallucinations collectives. D'ailleurs, autrefois, les…

– Arrête ! Tu sais parfaitement ce que tu as vu ! Tu sais qui ils sont !

Samuel ne parvient pas à se calmer. D'un bond, il est devant Darius qui ne bouge pas et continue à le regarder, droit dans les yeux. Autour d'eux, les passants se pressent, indifférents. Un vélo frôle Samuel. Il ne perçoit qu'un brouillard opaque.

D'autres images ont remplacé celles de la rue. Il se voit en train de frapper son nouvel ami. Mais sa colère s'évanouit brusquement lorsqu'il découvre le regard effrayé et enfantin de Darius. Lui aussi, il voudrait croire à une explication rationnelle.

Mais il sait ce qu'il a vu et, pire, il sait ce qu'il ressent.

Sa frustration vient de la certitude qu'il a vraiment vu le fantôme et de son impuissance à se protéger.

Personne ne peut les aider, Darius et lui. Il comprend alors le voile sur le visage de son ami, la terreur qu'il a contrôlée… Ce n'est sans doute pas la première fois que les convictions de Darius explosent avec la fragilité des bulles de savon, pour laisser place à un magma de doutes… Être cartésien doit être sa dernière défense.

Darius a dû vivre les mêmes nuits cauchemardesques, entendre les mêmes voix, tenter d'appeler des secours, en vain. Il a dû tenter, comme lui, de fuir par tous les moyens et seul.

Fuir... car il n'y a jamais, jamais de repos, jamais de secours, nulle part où aller. Ils sont partout.

Avant de commettre un acte qu'il regretterait, Samuel fait volte-face et court, loin de Darius, du café, du fantôme.

Il voudrait courir, sans s'arrêter, jusqu'à sa véritable maison, le trois-pièces niché dans le haut de Montmartre, avec la peinture de sa salle de bains moisie et sa cuisine mouchoir de poche. Il voudrait passer la porte en la faisant claquer contre le mur, jeter son sac, s'énerver contre le banc de l'entrée sur lequel il se cogne le genou un soir sur deux et se réfugier sur le canapé du salon, défoncé, plein de coussins colorés et de miettes, pour y dormir dix ans.

Le nouvel appartement ne lui est rien et d'autres gens vivent dans le trois-pièces où il habitait avec Tug et Emma. D'autres gens utilisent la cuisine mouchoir de poche. Quelqu'un dort dans sa chambre, sans savoir qu'elle est hantée. Hantée, non... C'est lui que les fantômes hantent, depuis presque un an, peu importe où et quand.

Il court, terrorisé au souvenir de ces nuits passées à chercher une issue de secours, prisonnier des voix qui racontaient leur mort, en boucle.

Il arrive à un carrefour, se glisse entre les voitures, sans entendre vraiment les klaxons et les insultes.

« Tu fais toujours les choses trop vite, s'exclame la voix de Tug dans son esprit. Tu cours, tu sais faire que ça. Pose-toi deux secondes et la solution viendra d'elle-même. »

Il court plus vite. Il se posera plus tard. Depuis la mort de Tug, depuis les voix qui le glacent d'effroi, le temps n'est plus un allié. Il faut jouer contre lui, encore et toujours. Rattraper le sommeil, rattraper les cours, rattraper les heures, les jours, les semaines perdus.

Lorsqu'il s'arrête enfin, il est devant son nouvel immeuble.

« Plus de jambes que de tête, hein ? rit Tug, de sa voix claire. Bien obligé de te poser, maintenant que tu as plus de souffle ! Tu as pas l'impression d'oublier quelque chose ? Les faits, bonhomme. Faut étudier les faits. »

Samuel inspire une grande bouffée d'air.

« La ferme, Tug ! C'est pas le moment de me faire la morale ! »

Bien sûr, la voix de Tug n'est qu'un souvenir. Mais s'adresser à lui le rassure.

Sa main suit attentivement le mouvement rapide de sa poitrine qui se soulève, comme un sportif après un sprint. Il se concentre sur sa respiration, les battements de son cœur. Soudain, il comprend.

« C'était différent cette fois. D'habitude, les fantômes parlent, mais je ne les vois pas… Ils ne s'adressent jamais à moi directement… Ils n'apparaissent pas. Ils racontent leur mort, ils crient, ils supplient. Lui, il m'a confié un message. Hatari, Rukundo… »

Il pense au visage du jeune homme noir, à sa bouche lorsqu'il a prononcé ces deux mots, aux cris et au roulement sonore du pendentif sur la table. Dans la poche de son jean, il sent l'anneau de métal, qu'il a récupéré d'un geste vif avant d'être poussé dans la rue.

La minute d'après, il monte les escaliers quatre à quatre, en remerciant Tug et son éternel bon sens.

8

Niveau d'activité paranormale : 0

La clé tourne à vide. Samuel la retire avec précaution. Les gonds neufs de la porte entrouverte ne grincent pas, heureusement, lorsqu'il en pousse doucement le battant. Il entrevoit le papier peint jaune, à entrelacs dorés, auquel il n'a pas encore réussi à s'habituer – si tant est qu'il puisse s'habituer un jour à une telle horreur.

Quelque chose cloche. Sa mère ne peut pas être là. Jamais elle n'a oublié de refermer la porte derrière elle. Samuel sent, intuitivement, une présence inhabituelle dans l'appartement. Un silence étudié. Emma aime le bruit, la musique, le téléphone.

Il rentre brusquement, en se collant contre un mur, comme son beau-père le lui a appris, quand ils jouaient aux flics.

« Le truc, c'est de ne pas se laisser surprendre », murmure la voix de Tug, comme un écho.

Son cœur bat à tout rompre mais Samuel avance pas à pas.

« Tu progresses calmement, tu regardes devant et derrière toi. Même si tu es contre un mur. »

Un bruit dans le bureau lance une onde nerveuse à l'assaut de sa colonne vertébrale.

« Tu as surveillé tes arrières, et surtout, tu as dit où tu étais. Ton coéquipier doit toujours savoir ce que tu fais. »

– J'ai pas de coéquipier, chuchote Samuel.

Il cherche son portable dans sa poche et compose, à l'aveugle, le numéro d'urgence de la police.

Trop tard. La porte, poussée par un courant d'air, claque et le son résonne dans tout l'appartement.

« Y a un moment où le courage devient de l'imprudence, rit la voix de Tug, complètement décalée. Dans ces cas-là, tu réfléchis pas, tu te tires. »

Aussitôt, une forme sombre surgit dans le couloir. Un homme bondit, en lâchant des dossiers, qui vomissent des dizaines de feuilles sur le sol. Les mains de l'homme se referment sur les épaules de Samuel qui se sent partir en arrière, tente de se rattraper au guéridon et tombe avec lui dans un fracas sourd.

Il voit le visage de son agresseur, éclairé par la lumière qui passe au travers de la baie vitrée du salon. Des yeux plissés de rage, un rictus nerveux aux lèvres. Une cicatrice inégale qui lui zèbre la peau, du menton à la pommette, comme si on avait tenté de lui taillader la joue avec un ouvre-boîtes.

Samuel tente de se débattre. Il sent les mains chercher son cou et soudain, la morsure brûlante des doigts qui serrent... Sa poitrine se contracte. Il n'aura bientôt plus d'air. Une minute, peut-être deux. Pas plus. Il gesticule. La panique lui fait perdre de précieuses secondes d'oxygène.

Au moment où il se sent partir, un craquement sourd et un hurlement lui font rouvrir les yeux. L'homme est projeté sur le côté. Derrière lui, une silhouette, armée d'un pied de lampe, se penche sur lui. Samuel reconnaît les cheveux bouclés de Darius.

L'homme à la cicatrice gémit. Le coup l'a déstabilisé. Soudain, il écarquille les yeux. Un courant d'air glacé parcourt le couloir et tourbillonne autour de Samuel, toujours à terre. L'intrus pousse un nouveau geignement, rampe sur un mètre, se relève et sprinte vers la porte qu'il ouvre avec brutalité. L'instant d'après, ses pas résonnent dans les escaliers.

– Ça va ? s'inquiète Darius, le souffle court.

Samuel sent chaque muscle de son corps se tendre de douleur. Sa gorge sèche le fait tellement souffrir qu'il doit aspirer plusieurs bouffées d'air avant de répondre :

– Ça ira.

– Qui était-ce ?

– Quelqu'un qui cherchait des informations, répond Samuel, montrant les dossiers éparpillés du couloir.

– Pas très efficace... Il a laissé les dossiers.

– Tu ne veux pas lâcher ce truc ? dit Samuel en montrant le pied de lampe. C'est pas un club de golf !

Darius sourit, pose l'objet au sol avec une infinie précaution et s'accroupit pour prendre une feuille.

– Des factures de téléphone...

Samuel se masse le cou d'une main tremblante. La douleur s'atténue un peu. Ses yeux se posent sur les dossiers éparpillés que Darius fouille d'un air concentré.

Une voix brise soudain le silence, depuis sa poche :

– Police secours, j'écoute ! Pouvez-vous me confirmer votre numéro ?

Il referme son portable d'un geste sec. Il avise un objet dentelé et brillant qui dépasse de sous une facture.

– La police ne nous aidera pas sur ce coup-là, annonce-t-il à Darius.

– Comment le sais-tu ?

Samuel attrape la clé que son agresseur a abandonnée dans sa fuite.

– La porte a été ouverte avec un passe de flic.

9

Niveau d'activité paranormale : 0

Samuel se rue dans le bureau et constate les dégâts : cartons ouverts, contenu jeté sur le parquet, dossiers et photos sens dessus dessous. Il marque quelques secondes d'arrêt.

– C'est lui, ton beau-père ? demande Darius en désignant une photo sur le sol.

Samuel acquiesce. C'est bien Tug, dans la pose la plus idiote qui soit, à cheval sur un muret de pierre. Son visage, ses cheveux courts, presque blonds dans le soleil, appartiennent à une autre époque. Il porte un de ses shorts défraîchis qu'Emma détestait.

– Il avait l'air d'un chouette type, murmure Darius.

– Tu juges sur photo ? rétorque Samuel, agressif.

Darius a raison, pourtant. Tug le disait lui-même :

« Je suis l'archétype du chouette type. Ne suis pas mon exemple, Sam, si tu veux avoir une nana avant tes dix-huit ans. »

Il n'a pas envie de commenter, pas envie de parler de Tug avec Darius. Il doit garder l'esprit clair. Il rouvre son téléphone et envoie un message à sa mère.

– Tu as un portable en rab ? questionne-t-il.

– Je peux t'en trouver un, répond Darius. Pourquoi ?

– Je dois me débarrasser du mien. Ils pourraient me localiser trop facilement.

– Tu as de bons réflexes, admire Darius.

– L'intérêt d'être le beau-fils d'un flic. Le seul, peut-être.

Darius fouine un moment dans un carton éventré puis avance :

– Je suppose que tu ne vas pas rester ici...

– Tu supposes bien.

– Et ta mère ?

– Je viens de la prévenir, rétorque Samuel.

– Elle va s'inquiéter.

– Je sais. Un peu dur. Mais si elle contacte la police, je serai interrogé. Et si le mec à la cicatrice est un flic, il essaiera de me faire taire.

– Tu n'as pas peur pour elle ?

– Si. Seulement, tu vois, je pense qu'elle sera protégée. S'ils me chopent, ma mère voudra me mettre à l'abri et je ne pourrai pas prouver l'innocence de Tug. Je n'ai pas le choix. Il y a un rapport entre les dossiers que j'ai trouvés dans le bureau et ce mec à la cicatrice. Et puis je ne peux pas me permettre d'être vu en pleine crise... Le guerrier noir est différent, plus puissant. Je contrôle encore moins qu'avec les autres.

– Tu crois donc toujours qu'il s'agit d'un fantôme ? lâche Darius, moqueur.

– Qu'est-ce que tu crois que c'était ? Un hologramme ?

– Une projection psychique... Une hallucination, soutient Darius.

– Je n'ai pas tellement le temps de discuter de psychiatrie avec toi maintenant, grogne Samuel, à court d'arguments. À mon avis, faut pas traîner ici.

– Que crois-tu que ce type cherchait, exactement ?

– Les dossiers de Tug. Mais il ne risquait pas de mettre la main dessus. C'est moi qui les ai.

– Où comptes-tu aller ?

– Je trouverai bien.

– Tu peux t'installer chez moi, propose Darius. C'est l'endroit le mieux gardé du monde.

– Je ne dérangerai pas ton père ?

– Il parcourt le monde pour participer à des colloques, mener ses recherches et financer des hôpitaux.

– Et ta mère ? questionne Samuel.

– Elle ne vit pas avec nous. Je crois qu'elle en a eu marre d'écouter mon père lui jurer qu'il arriverait à me soigner. Elle s'accommode de sa vie mondaine. Elle a peut-être fini par accepter, avec le temps, qu'elle ne pouvait rien pour moi. Et puis, c'est une vraie Doorman.

– Ce qui veut dire ?

– Elle fait très bien semblant, conclut Darius d'un air détaché.

La lumière du milieu d'après-midi les attrape alors qu'ils sortent de l'immeuble. Samuel regarde de chaque côté, avant de faire signe à Darius de presser le pas. La rue s'est emplie de mères de famille allant chercher leurs enfants à l'école. Pas d'homme à la cicatrice en vue.

10

Niveau d'activité paranormale : 25

Durant le trajet qui les conduit chez Darius, ils ne se parlent pas. Samuel pense aux dossiers rangés dans son sac.

L'immeuble de Darius ressemble à une forteresse futuriste, tout en métal et vitres argentées.

Darius sort une clé électronique de sa poche, l'insère dans l'interphone et compose un code, à toute vitesse. La porte aux vitres fumées glisse et dévoile un vaste hall en marbre. Un tableau contemporain, éclairé par un néon, se reflète dans l'immense miroir qui couvre le mur opposé.

Le visage de Samuel affiche un étonnement qui n'est pas feint.

– On est toujours surpris la première fois qu'on pénètre ici, murmure Darius en effleurant le bouton de l'ascenseur.

La porte s'ouvre sur des parois de métal et de verre. Darius introduit une minuscule carte à puce dans une encoche. Ils arrivent sur ce que Samuel prend tout d'abord pour un palier mais qui s'avère être une grande pièce, bordée de portes de placard.

– L'endroit le mieux gardé du monde, répète-t-il.

Soudain, une silhouette fine bondit avec une rapidité étonnante et le pousse contre le mur. Samuel serre les poings, par réflexe. Puis il voit le visage de Darius se détendre et sourire.

L'agresseur est une adolescente, de petite taille, de longs cheveux bruns descendant jusqu'au milieu du dos. Elle plaque sa bouche contre celle de Darius puis recule légèrement et lance d'une voix joyeuse :

– Salut, Milord !

Ils s'embrassent de nouveau, avec une fougue qui oblige Samuel à détourner les yeux.

– Joanna, Samuel, dit sobrement Darius.

Samuel suppose qu'il s'est décroché de la bouche de la fille et se retourne. Elle doit avoir leur âge. Elle porte des collants à rayures de toutes les couleurs, une mini-jupe en jean et un haut bleu à capuche. Sur son poignet, une montre énorme est maintenue par une mitaine en cuir. Ses yeux verts fixent Samuel avec intérêt.

– Tu es le nouveau copain bizarre dont Darius m'a parlé ? dit-elle.

Samuel grimace. Elle rit. Ce rire lui assène un coup au niveau du cœur.

– Joanna aime les entrées fracassantes, s'excuse Darius, les yeux brillants.

Elle semble être ce genre de fille, oui. Rien que sa façon de regarder sent la surprise et le danger.

– Tu viens d'arriver ? demande Darius.

Samuel apprécie la diversion.

– Il y a une heure à peine, l'informe Joanna. Après ton coup de fil, je me suis dit qu'il fallait que je te rende une petite visite.

– Je te remercie.

– Comme si tu ne t'y attendais pas, Milord ! s'esclaffe-t-elle en passant la main dans les boucles rousses de Darius.

Il se recoiffe d'un geste agacé.

Samuel ne peut pas détacher ses yeux des doigts fins de Joanna, ni s'empêcher d'imaginer la sensation qu'ils imprimeraient dans les siens. Il ne parvient pas non plus à les détourner de sa silhouette gracieuse, alors qu'elle traverse le couloir.

– Elle te plaît ? questionne Darius, une fois seul avec lui, de son ton le plus neutre.

– Oui… non, enfin… bafouille Samuel, contrarié.

– Pas de problème, prévient Darius. Joanna plaît à tout le monde.

– Et ça ne te dérange pas ?

– Si. Mais si je commence à m'inquiéter, avec Joanna, c'est la crise cardiaque assurée.

– Sans parler des attaques surprises dans le couloir.

Ils se sourient. Le regard de Darius, à la fois direct et de mise en garde, le prévient qu'il n'a pas intérêt à ce qu'elle lui plaise trop.

– Et elle ne dira à personne que je suis là ? On peut lui faire confiance ? continue Samuel.

– Pas pour tout, signale Darius. Ne lui prête jamais ta carte bleue. Ni ton ordinateur, sauf si tu veux une collection de logiciels que tu ne sauras jamais utiliser.

Samuel hoche la tête. De toute façon, il n'a pas l'intention de s'éterniser. Il partira demain matin. Entre-temps, il aura trouvé une piste, un début de solution ou, au pire, une idée de planque. Il a seulement besoin de dormir.

– Je vous entends ! crie la voix joyeuse de Joanna, juste avant qu'elle réapparaisse dans le couloir. Pour la carte bleue, ne l'écoute pas. Tu n'as sans doute pas assez de fric dessus pour qu'elle me serve à quelque chose.

Elle a deux canettes à la main, qu'elle lance à Darius qui les attrape et en tend une à Samuel.

– Il n'y a pas de chaise ? s'étonne ce dernier, en ouvrant sa canette dont le contenu gazeux lui gicle sur les doigts.

– Pourquoi tu voudrais qu'il y ait des chaises ? On est dans l'entrée, s'amuse Joanna. Viens, on va dans le jardin d'hiver. Il y a des fauteuils assez confortables. Ne fais pas attention à la déco... La mère de Darius te dira qu'il n'y a que le design qui compte. L'ancien est trop petit-bourgeois. Ce qui ne l'empêche pas d'exhiber quelques antiquités à ses amies, lorsqu'elle les amène à la campagne. Sans doute pour leur rappeler leur jeunesse.

Ils la suivent jusqu'à une pièce ouverte sur une grande baie vitrée qui dévoile la ville éclairée par le soleil couchant. De larges fauteuils club, en cuir, tournés vers l'extérieur, entourent une table basse en verre. De la musique africaine sort des enceintes accrochées au mur, si minuscules que Samuel ne les avait même pas remarquées.

– Bref, c'est la seule pièce qu'elle m'a laissé aménager, annonce Darius en s'installant sur un fauteuil et en allongeant ses jambes sur un repose-pieds assorti. Elle a son appartement dans le seizième arrondissement et elle ne vient que rarement pour constater à quel point mon père et moi sommes ignorants en art contemporain. Et pour m'apporter des vêtements.

– Ta mère a l'air sympa, lance Samuel, ironique.

– Emploie encore le mot « sympa » et on te retrouvera avec les deux genoux pétés au fond d'une ruelle, ricane Joanna.

– Vu le contexte, ce n'est pas très amusant, Joanna, sermonne Darius. Et en plus, c'est plutôt le genre de ton père, non ?

Samuel interroge la jeune fille du regard mais n'insiste pas. Elle paraît vaguement embarrassée, hausse les épaules et se dirige vers la table basse. Samuel capte quand même le murmure furieux qu'elle glisse à l'oreille de Darius, en passant à côté de lui.

– En attendant, mon père t'est bien utile, précise-t-elle à voix haute.

Darius approuve d'un geste vague de la main.

– J'ai les informations que tu m'as demandées, continue Joanna.

Triomphante, elle tourne sa tablette numérique vers les deux garçons.

– Ce type, Tugdual Vermont…

– Joanna, non, intervient Darius.

La photo de Tug s'étale sur l'écran. C'est la photo de sa carte professionnelle, une photo d'identité mal fichue sur laquelle il semble âgé d'à peine quinze ans.

La mâchoire de Samuel se crispe assez pour qu'il ait du mal à lâcher :

– Tu lui as tout dit ?

– Dit quoi ? s'insurge Joanna, en haussant la voix. Moi, on me supplie de chercher des informations d'urgence, je trouve, c'est tout. Quel est le problème ?

– Je ne vous ai rien demandé. C'est mon affaire.

La rage part de son ventre, d'un seul coup. Il se sent trahi.

– Je suis un peu impliqué, si tu permets, remarque Darius.

– Et à quel titre ? s'écrie Samuel.

– Rien n'est dû au hasard, dans cette histoire. Dans le café, le guerrier noir a surgi quand tu as sorti le pendentif. J'ai besoin d'en savoir plus, de comprendre. Et puis nous sommes touchés par la même pathologie.

– Ce n'est pas une pathologie ! gronde Samuel. En tout cas, rien qui justifie que tu racontes ma vie privée à une inconnue.

Darius hausse les épaules et répond avec aplomb :

– Joanna n'est pas tout à fait une étrangère.

– Ah ouais ? questionne Samuel. Pour toi, peut-être. Pourquoi elle ne me balancerait pas, hein ? Parce qu'elle a la même maladie que toi et moi ?

– Non, Joanna a juste un gros déficit en matière de tact, répond Darius en regardant sa petite amie droit dans les yeux.

La jeune fille soupire :

– Écoutez, on va tous se calmer et reprendre depuis le début…

– Trop tard, murmure Samuel.

11

Niveau d'activité paranormale : 30

Les yeux écarquillés, Samuel se lève. Darius a suivi la direction de son regard et lâche un son inarticulé. Joanna tourne la tête sans comprendre.

– Que se passe-t-il ?

Ils ne peuvent pas répondre, fascinés par ce qu'ils voient se dessiner entre la baie vitrée et eux.

– Vous avez une hallucination ou quoi ? s'inquiète Joanna.

Samuel entend Darius se rapprocher de lui, discrètement.

Le jeune guerrier noir se tient devant eux, la main sur la hanche. Son treillis déchiré est maculé de sang. Il porte un fusil-mitrailleur sur sa poitrine nue, attaché avec une sangle. Le regard qu'il leur lance, intense, froid, n'a plus rien d'humain.

« Une machine à tuer. »

Le guerrier sourit, soudain. Samuel aurait préféré qu'il évite. Il y a de la naïveté, dans ce sourire, et un chagrin aussi profond que les yeux noirs qu'il détourne d'eux.

– *Jean-Bosco,* souffle-t-il d'une voix qui semble venir de partout à la fois.

Le fusil-mitrailleur tressaute. Le guerrier a fait un bond, surpris. Il cherche de tous côtés, en remuant la tête, puis avance vers Darius et Samuel.

– *Jean-Bosco. Alexandre-Dumas. Hatari !* crie-t-il dans leur direction.

Ses lèvres ont bougé, cette fois-ci. L'air se glace autour d'eux. Le jeune guerrier est si proche qu'il pourrait presque les toucher. Sa matière semble se concentrer, redevenir chair. Samuel fait un pas en arrière.

Brusquement, le guerrier se jette sur le sol, empoigne son arme et scrute le couloir derrière eux en hurlant. Samuel sursaute.

– Il y en a un deuxième, bredouille Darius, plus pâle que jamais.

La nouvelle apparition est un homme d'âge mûr, au visage nerveux, buriné. Il se tient un peu en retrait, près de la porte. Sa peau noire luit à la lumière du plafonnier, comme s'il sortait de l'eau. Un sang dilué, rosâtre, coule de griffures sur son visage. Ses yeux lancent des éclairs de haine et brûlent, plus profondément, d'une autre lueur : une âpreté, une avidité que ceux du jeune soldat n'ont pas.

Il hésite un instant puis, avec une rapidité étonnante, fond sur Darius et Samuel. Ce dernier se protège de ses bras repliés. Rien ne vient, à part un grand froid. Il sent un impact fluide dans tout son corps, une présence liquide. Le visiteur l'a traversé.

Soudain, un coup retentit derrière lui. Un coup atténué, ralenti, qui l'atteint dans le dos. Samuel vacille, bondit et se retourne. L'homme noir le jauge, d'un œil terrible. Son poing part, dans un élan désordonné et brutal. Il touche Darius à la joue. Le jeune homme tombe au sol, sous la violence de l'impact.

Aussitôt, Joanna se précipite sur le jeune Anglais et inspecte son visage. Samuel n'a pas le temps de bouger. Il voit l'homme noir dénouer le foulard bariolé que la jeune fille porte autour du cou. La soie est si légère, Joanna est tellement absorbée par Darius, qu'elle ne s'en aperçoit pas. Samuel hurle. Joanna se retourne et écarquille les yeux.

Elle ne voit pas l'homme, juste son foulard qui vole dans les airs, fluide, bariolé, gracieux jusqu'au cou de Darius. Elle crie à son tour et s'accroche au tissu coloré. En vain.

L'homme serre, serre encore, le visage grimaçant, la bouche déformée par la concentration. Samuel se rue sur lui. Il sent le contact spongieux, étrange, du corps de l'homme contre le sien mais il ne perçoit pas sa densité, comme s'il n'avait pas d'os, pas de chair.

Il le repousse cependant de toutes ses forces. L'homme noir, désarçonné, tombe sur le côté, lâchant le foulard. Le coup arrive, aussitôt. Samuel a juste le temps de projeter son bras entre le poing et son visage. L'impact est violent. La douleur surgit, dans ses muscles et sur sa peau.

L'homme se redresse. Le jeune soldat se précipite sur lui. Samuel, à terre, le regarde attraper l'homme à bras-le-corps et lutter avec lui en silence. Il lui griffe le visage, à l'endroit où l'homme avait déjà des marques, emprisonne ses cuisses entre ses jambes, serre sa taille de ses bras. Ils tombent tous deux. Sans atteindre le sol. Un bruit de plongeon, d'éclaboussures, emplit la pièce, alors qu'ils disparaissent, comme absorbés par le parquet. Samuel se relève, les cherche des yeux. Il n'y a plus, dans le jardin d'hiver, que Darius qui retrouve sa respiration, Joanna qui lui maintient la tête et Samuel, le poignet perclus de douleur, qui se précipite vers eux pour aider Darius à se mettre debout.

Joanna explose :

– C'était... impressionnant ! On aurait dit des boules de flipper ! Alors c'est vrai, vous pouvez invoquer des fantômes ?

– C'est pas un jeu, Joanna, répond Samuel, agressif, en se massant l'avant-bras.

Elle n'a pas l'air traumatisée. Elle n'a pas vu les deux hommes, seulement ses amis se battre contre des assaillants invisibles. Si la scène a dû lui paraître bizarre, elle n'a pas perçu la violence de l'attaque, le regard de l'homme noir, ni la rage avec laquelle il a armé son bras pour frapper.

Samuel vérifie que Darius se porte bien. Le jeune Anglais, appuyé contre le mur, se passe les doigts sur le visage, comme s'il voulait s'assurer que sa tête se trouve encore sur ses épaules. Il peine à respirer.

– Tu y crois, maintenant ? questionne Samuel.

Darius hoche la tête et retire sa main de sa pommette. Une marque rouge lui irradie la joue et son œil gauche pleure.

– Pourquoi est-il apparu ? Et comment ? Et l'autre ? interroge Darius. Rien n'avait de sens !

– Tu as remarqué, toi aussi ? murmure Samuel. À un moment, l'homme au visage griffé nous a clairement attaqués... Il pouvait même nous toucher ! Après... On aurait dit une scène jouée dans un autre lieu.

– J'ai eu la même impression. Ils n'étaient plus avec nous. Mais quand et pourquoi apparaissent-ils ?

– Je crois que ce sont les émotions comme la colère qui les attirent...

Samuel regarde intensément Darius avant d'ajouter :

– En tous cas, avant qu'on se rencontre, tu ne pouvais pas les entendre et moi, je ne pouvais pas les voir. Maintenant, ils se matérialisent. Nous nous complétons peut-être.

– Ça se tient, siffle Darius.

– Tu vois, Milord, lance Joanna en se pendant au cou de Darius qui grimace de douleur. Je te dis que ton histoire d'hallucinations est complètement bancale depuis des mois. Après ce que je viens de voir, rien ne me fera changer d'avis : je fais partie de l'aventure.

– Je crois qu'on a pas le choix, répond Samuel.

– Non, effectivement !

Elle détache ses bras du cou de Darius pour s'approcher de lui. Pendant une seconde, le parfum de la jeune fille, léger et profond, l'éloigne de sa douleur et de ses doutes.

– Merci ! souffle-t-elle.

Puis, avec un sourire, elle l'embrasse sur la joue. Samuel frémit. Il serait prêt à défier tous les fantômes de l'enfer pour un deuxième baiser. C'est le regard de Darius, légèrement froncé, qu'il doit affronter par-dessus l'épaule de la jeune fille, jusqu'à ce qu'elle revienne se blottir dans ses bras.

– Il faudra quand même que j'en parle à mon père, annonce Darius. C'est une sacrée évolution…

– Il a des compétences en ésotérisme, le professeur Doorman ? rigole Joanna.

– Le professeur Doorman, je ne sais pas, intervient Samuel d'un air sombre. Mais mon pote Henri, oui.

12

Niveau d'activité paranormale : 9

Ils ont peu mangé, encore moins dormi. Samuel a refusé la chambre d'amis confortable que Darius lui proposait, préférant rester dans le jardin d'hiver. D'un accord tacite, les trois jeunes gens se sont partagé les fauteuils en cuir.

Samuel se réveille en sursaut, d'un sommeil sans rêve, comme d'habitude. Il ne se souvient jamais de ses rêves. Du moins, plus depuis longtemps. La pièce n'est éclairée que par l'écran de la tablette que Joanna scrute attentivement. Darius dort, la tête rejetée en arrière sur le dossier du fauteuil, un de ses bras pend nonchalamment dans le vide. Sans bruit, Samuel repousse le plaid qu'il a posé sur ses jambes et se glisse à côté de Joanna. Elle sourit vaguement, sans lui jeter un regard, absorbée par l'écran.

– Tu as découvert des choses intéressantes ? murmure doucement Samuel.

– Assez, lance la jeune fille. Sur le Rwanda, entre autres.

– Et sur mon beau-père ?

– Tu veux savoir ? Tu es sûr ?

– Oui. Certain.

Le ton de Joanna est neutre, presque clinique, lorsqu'elle annonce :

– Le rapport de police indique qu'il a été tué de deux balles dans le torse.

– Deux ? Non. Une seule, objecte Samuel.

– Non, deux. Une première balle située au niveau de l'estomac.

Celui de Samuel se rétracte. Il imagine l'impact, le corps de Tug replié sur lui-même, la douleur.

– L'autre au niveau de la vessie. Tu te sens mal, Samuel ? Tu es livide.

– On nous a dit qu'il avait reçu une balle en plein cœur, justifie Samuel. Qu'il était mort sur le coup... L'estomac... Les secours sont arrivés deux heures après... Il a dû horriblement souffrir.

L'image de Tug gisant sur le sol le hante. Il le voit ouvrir la bouche pour chercher de l'air, la main crispée sur son ventre. La voix ferme et calme de Joanna le ramène à la réalité :

– Il était probablement inconscient. Cela dit, il faut que tu saches... les douilles qu'on a retrouvées près de lui étaient différentes. La première était une neuf millimètres. La deuxième, une 45 ACP.

– Il y aurait eu deux meurtriers ?

– Sans doute. Et les balles n'ont pas été tirées à la même distance. Entre les deux, il y a dû avoir une lutte. La deuxième a été tirée de plus près.

– Comment se fait-il que le rapport de police qu'on nous a communiqué n'en fasse pas état ?

– Mmmh, murmure Joanna en pinçant les lèvres. Il a été falsifié, j'imagine.

– Une neuf millimètres, persiste Samuel. Une balle de flic. En tout cas, ce sont les douilles utilisées pour les Sig Sauer de la police.

– Elle ne pouvait pas provenir de l'arme de ton beau-père ?

– Difficile à croire. Tug était un policier expérimenté... Il ne se serait pas laissé désarmer aussi facilement.

– Et il y avait autre chose dans le rapport de police ?

Samuel réfléchit.

– Je ne l'ai pas vu. C'est un ami de mon père qui nous a fait un compte-rendu

Manifestement, Balder n'a pas tout dit.

– Oui, précise Joanna. Est-ce que tu savais que ton beau-père avait reçu un blâme ? Pour coups et blessures en état de service. Il aurait cassé la gueule d'un de ses collègues. Un dénommé Balder, tu connais ?

Le nom provoque un tressaillement chez Samuel, qui a encore l'image du flic en tête.

– Un peu, oui ! s'exclame-t-il. Quand ?

– Trois mois avant sa mort. Le Balder en question venait de déraper lors d'un interrogatoire avec un petit malfrat qu'ils avaient interpellé. Ton beau-père a affirmé avoir frappé son collègue pour le calmer. Et ce dernier a confirmé ses dires. Le type qu'ils interrogeaient était un certain Giorgi. Ce nom t'évoque quelque chose ?

– Non, rien du tout. Tug revenait parfois avec des traces de coups quand une arrestation se passait mal. On n'a même pas dû remarquer... Balder était un de ses meilleurs amis... Il ne nous a rien dit. Et ce Giorgi, tu as des infos sur lui ? Pourquoi l'avaient-ils coffré ?

– Racket, menaces... Un casier chargé. Mais cette fois-là, à cause de cette bavure, l'interrogatoire n'a pas été consigné.

– Comment as-tu obtenu toutes ces informations ? Sur Internet ?

– Non. On ne trouve pas ce genre d'informations sur le Web. Mon père est un homme particulier. À la solde de différents ministères... Et il ne peut rien me refuser, pas avec la vie qu'il me fait mener... toujours à droite et à gauche, dans le secret. Bref. J'ai obtenu d'autres informations intéressantes. Ton beau-père était attaché au commissariat du treizième arrondissement, c'est ça ? Giorgi ne pouvait pas être entendu par ton beau-père et son collègue, parce qu'ils l'ont arrêté dans un autre arrondissement pour une affaire de racket qui ne dépendait pas de leur zone d'intervention : le dix-neuvième arrondissement. Et tiens-toi bien, Giorgi a été interpellé à la station Alexandre-Dumas, près de l'église Jean-Bosco...

Samuel ouvre la bouche et la referme aussitôt, les sourcils froncés.

Elle sourit puis continue de son ton froid :

– Et…

Elle hésite un instant.

– C'est aussi près de l'endroit où on a retrouvé le corps de ton beau-père. Ce Giorgi était le principal suspect…

Joanna tourne la tablette et montre une photo, tirée d'un dossier de la police. Le type blond qui regarde droit devant lui, bouche contractée, yeux vides, arbore une longue cicatrice sur la joue.

Samuel sent sa gorge se serrer.

– C'est le type qui fouillait mon appartement. Ce n'est donc pas un flic.

– Quel rapport ? questionne Joanna.

– Le passe qu'il a perdu chez moi est celui d'un flic. Ce type a un complice dans la police. Tug n'a pas été tué parce qu'il avait trahi un dealer – je ne l'ai jamais cru – ou même à cause d'une interpellation qui aurait dégénéré. Tug a sans doute été la victime d'un règlement de comptes.

– Que vas-tu faire ?

– Les choses dans l'ordre, annonce Samuel. D'abord, aller à l'église Jean-Bosco, au métro Alexandre-Dumas. Notre apparition avait quelque chose de précis à nous dire et peut-être à nous montrer. Il semblait bouleversé, en état d'urgence… Ensuite, passer voir Henri. Et après…

– Après ?

– Je verrai bien.

13

Niveau d'activité paranormale : 0

Joanna replonge vers son écran et tapote sur le clavier. Une mèche de cheveux lui retombe sur le nez, elle souffle dessus plusieurs fois, sans cesser d'écrire. Samuel l'observe. Un sentiment de sérénité l'envahit.

Puis son cerveau se met à bourdonner, à classer les informations récoltées, presque malgré lui. Il s'accroche au nom de Giorgi et sonde ses souvenirs.

Tug a-t-il évoqué l'homme devant lui, par mégarde ? Jamais. Tug n'était pas du genre à lâcher des informations imprudemment. Et sur Balder ? Samuel se souvient vaguement d'un soir où Tug est rentré avec un œil au beurre noir et une démarche claudicante. Emma et lui avaient pris l'habitude de ne plus poser de questions et de le laisser gérer ses blessures. Sans doute Tug en avait-il parlé à sa mère en privé... Mais Samuel ne peut pas le lui demander. Il éloigne l'image d'Emma de son esprit, sentant l'inquiétude et la culpabilité monter en lui.

– Si je résume bien, reprend Samuel, interrompant Joanna dans ses recherches, Tug a arrêté Giorgi. Balder a frappé Giorgi. Tug a frappé Balder. Giorgi a probablement tué Tug, peut-être avec un complice. À moins qu'il y ait eu deux meurtriers, Giorgi et un homme portant une arme de flic. Et Tug a été assassiné à l'endroit que l'apparition a indiqué.

– Est-ce que tu crois que ce fantôme était là quand Tug est mort ? Ou qu'il est mort au même moment ?

– Je n'en sais rien. En revanche, il y a un rapport entre Tug, Giorgi et lui. Et puis, ce pendentif…

Il tire l'objet de sa poche, le montre à Joanna et reprend :

– Quand je l'ai sorti devant Darius, le fantôme est apparu.

– Ce serait une sorte de talisman ? Magique ?

– Aucune idée. Mais Henri pourra peut-être nous renseigner.

– Qui est Henri, exactement ?

– Ma nounou, sourit Samuel. Notre voisin dans le dix-huitième. Il m'a gardé le mercredi, pendant des années. Il est marabout mais je ne l'ai jamais vu agir. Il répare les ordinateurs essentiellement. « Henri ramène le grand amour, soigne les maladies et répare les ordinateurs. »

– Et tu crois qu'il pourra nous aider ? Je n'ai pas l'impression que tu sois vraiment convaincu.

– Quand j'étais petit, je pensais que c'était un grand magicien. Il aime bien jouer avec cette image. Au pire, il nous donnera de bons conseils ou des informations. Tug et lui étaient très proches. Ils avaient de longues discussions. C'est ce que j'ai de mieux, pour l'instant.

Samuel ferme les yeux, pour redessiner la silhouette d'Henri dans son esprit. Les mains noires fouillent dans un ordinateur antique, sur le tapis élimé de la chambre enfumée d'encens.

Il ne sait pourquoi, l'image de son vieil ami lui en évoque une autre, plus obscure, tapie au fond de son cerveau. Un profond sentiment de peur et d'incompréhension qu'il n'arrive pas à définir prend place peu à peu... Une peur d'enfant. Il revoit le visage d'Henri se pencher vers lui, inquiet. Un souvenir... Puis tout disparaît. L'effroi, Henri, sa chambre rassurante. Un dernier battement irrégulier de son cœur le contraint à rouvrir les yeux et le projette dans le jardin d'hiver.

Joanna a repris sa lecture, la tête penchée sur sa tablette. Samuel se demande comment elle peut rester aussi froide et concentrée. Après tout, cette histoire ne la concerne pas. Elle devrait paniquer et partir. Sans la volonté profonde de prouver l'innocence de Tug, il aurait lui-même craqué. Mais pas elle. Un début d'admiration naît dans son esprit.

Le calme avec lequel elle lui a parlé a rassuré Samuel. Elle semble plutôt faite pour le bruit et l'éclat. Il aurait sûrement pété un câble en apprenant de quelqu'un d'autre que le dossier de police n'avait pas révélé toute la vérité. Il réalise qu'il ne lui a pas demandé de voir ses sources. Il a confiance en elle. Intuitivement.

« Je ne suis plus seul. »

Sur cette idée, il revient s'allonger dans le fauteuil de cuir, les pieds sur la table, à côté de Darius dont le sommeil n'a pas été troublé.

– Est-ce que tu veux regarder les dossiers avec moi, Joanna ? murmure-t-il d'une voix douce.

– Avec plaisir ! acquiesce-t-elle.

Un sourire lui étire les joues et il se sent parfaitement idiot. Joanna lâche sa tablette, se juche délicatement sur un des accoudoirs et appuie sa hanche contre l'épaule de Samuel. Sans se laisser troubler, Samuel sort les dossiers de son sac à dos.

– On aurait dû commencer par là ! s'exclame-t-il.

Toutes les factures portent le même nom : Giorgi.

« Qu'est-ce que je t'avais dit, gamin ? raille la voix de Tug. On se pose et on réfléchit. »

– Ce n'est pas le moment, maugrée Samuel.

– Quoi ? demande Joanna, sans lever la tête des numéros alignés sous ses yeux.

– Rien. Regarde, il y en a un qui revient souvent.

Tug les a entourés au stylo vert. Dans la marge, sur la dernière page, il a inscrit Lartige, de son écriture penchée.

Joanna soulève la facture.

– C'est le même nom, là.

Du bout du doigt, elle pointe l'en-tête d'une lettre.

– Lartige SA.

Un logo jaune, figurant un soleil éclatant, aux multiples rayons, décore le papier recyclé.

– Et ça ? ajoute-t-elle en tirant sur un autre feuillet.

– Un article.

Ils lisent tous les deux, en silence.

– Je ne vois pas le rapport, grommelle Samuel. C'est quoi, un missile Milan ?

– Une arme française. Attends... Oui. Elle a été oubliée par des soldats français, lors d'une opération internationale en Afghanistan, et récupérée par l'ennemi. Sacrée bourde.

– Tug a souligné les mots « missile » et « erreur sans précédent ». Deux fois. Pourquoi ?

– S'il avait eu envie d'être clair, il l'aurait écrit, non ? ironise Joanna.

Samuel hausse les épaules.

– Est-ce que tu pourrais rechercher qui est ce Lartige ?

– Je peux. Mais je ne te garantis rien. Mon père est injoignable pour trois jours. Il faudra se contenter d'Internet.

Joanna attrape sa tablette et commence à pianoter, sans bouger de l'accoudoir. Samuel aime la sentir contre lui et suivre les mouvements presque imperceptibles de ses doigts rapides sur le clavier.

Il n'ose pas bouger, de peur de la voir s'éloigner, et ferme les yeux pour cesser de la regarder à la dérobée.

14

Niveau d'activité paranormale : 27

– Le rapport entre l'Afghanistan et le Rwanda ? interroge Darius, à qui Joanna et Samuel ont raconté leur découverte.

– Ce sont deux pays en guerre ? suggère Joanna.

Elle est lovée contre son ami, sur la banquette du métro. Son manteau rouge tranche avec la vague grise et noire des usagers. Elle a ramassé ses cheveux en chignon, dont dépassent des mèches folles. En face d'eux, Samuel regarde défiler les panneaux publicitaires.

– Deux guerres très différentes, souffle Darius.

– En quoi ? intervient Samuel.

– Au Rwanda, il y a eu un génocide. Tu sais ce que c'est ?

– Le massacre d'un peuple.

Il se souvient bien des réflexions de Tug à ce sujet. Son beau-père égrenait les guerres et les injustices comme d'autres parlent de la pluie et du beau temps, au petit-déjeuner.

– Au Rwanda, le conflit a commencé avec l'attentat contre l'avion présidentiel, abattu par des missiles, justement, précise Joanna.

Elle tire la langue, grimace et continue :

– Je vous ai dit que j'avais potassé. Vous voulez la suite ?

Les garçons acquiescent.

– Le Rwanda est un pays d'Afrique de l'Est, à l'origine habité par deux peuples, les Hutus et les Tutsis. Les Tutsis étaient considérés par les colonisateurs comme des Rwandais supérieurs, alors que les Hutus étaient cantonnés à des travaux d'agriculture et de manutention. Et ces derniers ont estimé que les Tutsis n'étaient pas vraiment rwandais. Ils ont supprimé des clans entiers de Tutsis, des années 50 aux années 90. Le dernier massacre était organisé et les Hutus bien supérieurs en nombre. Selon l'ONU, huit cent mille hommes, femmes et enfants en majorité tutsis sont morts. L'ampleur du massacre est d'autant plus impressionnante quand on sait que ce génocide a eu lieu en trois mois seulement, de mai à juillet 1994. Parmi les Hutus, il y avait beaucoup d'enfants-soldats.

– Notre apparition serait donc un jeune Hutu mort pendant la guerre ? l'interroge Samuel.

– Il peut s'agir d'un jeune Tutsi enrôlé par les Hutus. En tous cas, Hatari signifie danger en rwandais et d'après les vêtements que vous m'avez décrits, oui, il s'agit d'un soldat.

– Il serait donc mort en 1994, lâche Samuel.

– Pas sûr, objecte Joanna, calmement. Notre fantôme a pu aussi mourir pendant les massacres de 1990.

– Mais pourquoi lui, en particulier? s'étonne Darius. Parmi tous ces morts, pourquoi ce jeune homme et pas un autre?

Samuel lève les mains, en signe d'ignorance. La rame de métro s'immobilise devant le quai de la station Alexandre-Dumas, écourtant leur conversation.

L'église Saint-Jean-Bosco, dont les portes sont grandes ouvertes, est vide mais la rue grouille de monde. Sur son parvis, des pigeons picorent tristement des restes de pain. Un bruit constant, constitué de paroles, de cris, de voitures qui traversent le quartier, monte jusqu'au ciel gris du matin.

Un jeune homme descend quelques marches, la tête baissée.

Samuel donne un coup de coude à Darius.

– Surprenant, remarque Darius. Il ressemble beaucoup à notre jeune soldat fantôme mais en plus âgé.

Le jeune homme noir porte un jean élimé et un tee-shirt passé, avec un tag imprimé sur la poitrine. Il dévale brusquement les escaliers, sans raison apparente, et court vers la rue.

Samuel et Darius n'ont pas le temps d'appeler Joanna qui contemple l'église Saint-Jean-Bosco, son casque sur les oreilles. Elle ne les voit pas s'élancer, en même temps, à la suite du jeune homme et slalomer entre les passants et les tapis couverts de jouets et d'affiches présentés par des vendeurs à la sauvette.

Le garçon bifurque brusquement et s'engouffre dans un immeuble à l'aspect délabré.

Ses pas résonnent dans un vieil escalier dont les marches craquent. Des détritus, de la poussière et des taches grisâtres maculent les paliers. À l'avant-dernier étage, les bruits de pas se sont estompés. Darius et Samuel ralentissent.

Celui qu'ils poursuivent est là, à genoux sur les dernières marches. Il les a entendus soudain et tourne la tête, d'un mouvement brusque mais maîtrisé.

Samuel se fige. Le jeune Noir pose son index sur sa bouche et lâche un « chut » discret. Son geste est sans appel. Sam et Darius s'immobilisent et tendent l'oreille vers une porte d'où s'échappent des bribes de conversation.

– Où est votre fils ? gronde une voix masculine.

– Je vous dis que je ne sais pas, monsieur Lartige... Il n'est pas rentré depuis deux jours.

Le timbre est celui d'une femme entre deux âges, avec un fort accent. Samuel retient une exclamation de surprise. Lartige est celui à qui Giorgi téléphonait régulièrement, ce que son beau-père avait souligné, et le propriétaire d'une société au logo ensoleillé.

– Ne m'obligez pas à employer la méthode forte, s'énerve Lartige.

Samuel voit le jeune homme noir tressaillir et se lever d'un bond. L'instant d'après, il est dans l'appartement. Des bruits de lutte sourde lui parviennent. Puis un cri.

– N'y va pas, murmure Darius.

Samuel court déjà dans le couloir.

Par la porte ouverte, Samuel aperçoit la femme à terre et le jeune homme qui s'agrippe à Lartige, un type d'une cinquantaine d'années, blanc, en costume gris impeccable. Samuel fonce, heurte d'un coup d'épaule les deux corps accrochés l'un à l'autre.

– Non, Jean-Bosco ! supplie la femme en tendant les mains vers le jeune homme noir.

Jean-Bosco tombe à côté d'elle, tandis que Samuel attrape Lartige par le col de sa chemise et balaie ses jambes du pied. Lartige s'affale lourdement, entraînant Samuel dans sa chute. L'adolescent s'écrase sur des sacs en plastique, posés à même le sol. Les soleils éclatants qui les décorent lui explosent au visage, alors qu'il se retourne et se redresse avec vivacité.

Lartige regarde Samuel, plisse les yeux et pousse un grognement. Une seconde après, il porte la main à la poche intérieure de sa veste. Samuel envoie un coup de pied mais son geste est trop lent. L'homme éloigne son automatique, avant qu'il puisse l'atteindre. Il le pointe vers Samuel, l'air menaçant, en se redressant avec rapidité. Samuel s'immobilise, en position de combat, les poings levés, les jambes fléchies. À sa droite, la femme sanglote.

– Je ne sais pas ce que tu fous là, petit…

L'homme n'achève pas sa phrase. Un vent froid envahit la pièce. Samuel aperçoit la silhouette du jeune guerrier fantôme se former au-dessus de la mère et du fils enlacés.

– *Hatari !* crie la voix du jeune guerrier qu'il est seul à entendre.

Malgré lui, il répercute les sons, la voix se fait sienne, sa bouche lui sert de passage :

– Hatari !

Le jeune homme noir et sa mère sursautent. L'homme au pistolet écarquille les yeux, cherche autour de lui d'où vient l'air glacé. Subitement, il se plie en deux et lâche son arme. Samuel attrape le jeune homme et sa mère par la main et les tire vers la sortie. En glissant sur les sacs ensoleillés, éparpillés autour d'eux, la femme le suit, tandis que son fils, d'un coup de pied, jette l'arme loin de leur agresseur.

Ils courent dans le couloir. Darius se tient en haut de l'escalier, son portable à la main. D'un geste, Samuel l'incite à les suivre. Ils dévalent ensemble les escaliers, provoquant un bruit qui fait s'ouvrir les portes, d'étage en étage.

Des voix de femmes retentissent. Le vacarme est tel qu'il est impossible d'entendre si l'homme les suit. Samuel ralentit pour laisser passer Darius, le jeune homme et sa mère. En bas des escaliers, le groupe évite un type qui entre dans l'immeuble. Samuel le bouscule, les yeux à hauteur des siens. Un court instant, ils se dévisagent.

Samuel voit la cicatrice sur la joue, le regard de l'homme qui rétrécit. Mais avant que ce dernier ait pu réagir, il reprend sa course, poussant les autres devant lui.

15

Niveau d'activité paranormale : 25

Au pied de l'immeuble, le garçon se tourne vers sa mère et lui parle dans une langue que Samuel ne comprend pas. La femme semble refuser de l'écouter puis part précipitamment. Le fils s'élance alors dans la direction opposée. Samuel et Darius, sans réfléchir, lui emboîtent le pas. C'est Darius qui le rattrape, à un coin de rue, alors qu'il allait s'engouffrer sous un porche.

– Attends ! le supplie-t-il en empoignant la manche de son tee-shirt.

Le garçon se débat et repousse Darius d'un geste maladroit. L'incrédulité se lit dans son regard. Puis il crache par terre et leur demande en français :

– Vous parlez ma langue, non ?

– Qu'est-ce qui te fait croire ça ? s'étonne Samuel.

– Tu as crié « Hatari ». Dans ma langue, ce mot veut dire danger.

– C'est un peu compliqué, commence Darius.

Le jeune homme a un sourire méprisant et hausse les épaules :

– Tout est toujours compliqué.

Darius pousse Samuel du coude. Près d'une poubelle, à quelques mètres d'eux, la silhouette musclée de l'enfant-soldat est apparue. Il les regarde, puis désigne leur interlocuteur.

– *Jean-Bosco !* s'exclame la voix du fantôme.

Samuel s'avance vers le jeune homme qui leur tient toujours tête.

– Jean-Bosco ?

– Tu connais mon prénom ?

– Ta mère l'a prononcé tout à l'heure. Jean-Bosco, comme l'église ?

– Ma mère a choisi ce quartier parce qu'elle pensait que c'était un signe... Que me veux-tu ?

– Tu avais un frère ?

Jean-Bosco frémit. Ses poings se serrent. Il va frapper.

– Est-ce que vous allez le laisser en paix ? hurle Jean-Bosco en bondissant vers eux. Il est mort ! Arrêtez de torturer son âme ! Arrêtez de nous torturer !

Samuel se redresse. Il sait ce que Jean-Bosco espère. Lui-même a attendu des paroles qui l'apaiseraient, qui retiendraient ses poings et le videraient de la douleur et de la colère.

– Tu peux me frapper si tu veux, lance Samuel, calmement. Pour quel résultat ? Ton frère sera toujours mort. L'homme qui vient de menacer ta mère sera toujours vivant. Ou alors, tu peux nous écouter.

Le fantôme se tient derrière Samuel. Le souffle froid qu'il associe désormais à son apparition glisse à son oreille :

– *Rukundo !*

– Rukundo ? répète Samuel, sans comprendre.

Jean-Bosco le dévisage et, en relevant le menton, lui répond :

– Il est mort aussi. Tu le connaissais ?

À tout hasard, comme il sent que le jeune homme s'adoucit à l'évocation de ce nom, Samuel approuve.

– On n'a pas beaucoup de temps. Il ne faut pas rester ici. Ta mère est en sécurité ?

– Elle est partie dans un autre quartier.

Samuel note qu'il ne précise pas lequel. Autour d'eux, la rue continue d'enfler et de désenfler de passants et de voitures polluantes. Le soupir glacé du fantôme s'est atténué. Samuel sait qu'il est là, quelque part derrière eux, mais n'ose pas se retourner. Il semble observer, attentif et discret, ce qui est en train de se produire.

– Jean-Bosco, écoute-moi, reprend Samuel, je ne peux pas t'expliquer comment ni pourquoi, mais quelqu'un m'a demandé de venir te voir et de veiller sur toi. Moi aussi, je cherche à sauver ma peau. Tu es libre de venir avec nous ou de partir.

Jean-Bosco tente de lire la vérité sur le visage de Samuel, dont les yeux le supplient de le croire.

– D'accord, murmure-t-il.

De l'index, il pointe discrètement l'autre côté de la rue.

Entre deux voitures, Samuel aperçoit des silhouettes, dont une qu'il connaît bien : haute, aux épaules carrées, cheveux mi-longs. Balder ! Le flic discute avec un Africain âgé d'une trentaine d'années, habillé pauvrement. L'attitude de Balder est menaçante, mains dans les poches, mais torse en avant, visage penché vers son interlocuteur dont la tête lui arrive au niveau du biceps.

Jean-Bosco s'est déjà éloigné de quelques mètres, prudemment. Samuel le suit avec Darius. Lorsqu'ils ont tourné au coin de la rue, Darius lui demande ce qu'il se passe, dans un murmure.

– Balder, répond Samuel à voix basse. Un flic, ami de mon beau-père, celui qui fouillait chez moi le jour de la rentrée et qui m'a commenté le rapport de police sur la mort de Tug.

– Que fait-il ici ?

– Aucune idée mais ce n'est pas son quartier. Jean-Bosco a peur de lui, je crois, ajoute Samuel en désignant leur protégé du menton.

– D'accord, rétorque Darius, sans conviction. J'ai envoyé un message à Joanna. Elle nous retrouve à la prochaine station de métro.

Samuel se fige sur place. Un vent glacé l'assaille de mille endroits à la fois. Darius lui aussi semble paralysé par le froid.

Samuel voit son ami ouvrir grand la bouche sans produire aucun son. Ses oreilles bourdonnent. Il sent une main l'attraper par le bras. Il se retourne et découvre, devant lui, le fantôme de l'homme au visage griffé et au regard brûlant, qui les a attaqués dans l'appartement de Darius. Il murmure quelque chose que Samuel n'entend pas, tant le bruit de la rue devient assourdissant, puis prend chair et le pousse violemment.

Samuel se retrouve en équilibre, les pieds sur l'arête du trottoir. Le froid le meurtrit de toutes parts. Un son ronronnant mais inquiétant l'englobe d'un seul coup. Il sent une masse lui frôler les reins ; un furieux coup de klaxon, à quelques centimètres de sa tête, lui vrille le cerveau.

Il entend Darius hurler, voit sa main jaillir de nulle part et l'attraper par son blouson.

Une seconde plus tard, sans le secours de Darius, il serait mort, écrasé sous la voiture qui file dans la rue, après un virage serré sur la gauche. Devant leurs yeux ébahis, le fantôme s'efface progressivement, en hurlant, comme s'il refusait de disparaître. Darius tire Samuel sur le trottoir.

– Moins une, halète Darius. Il a essayé de te tuer !

– Il veut nous empêcher d'aider Jean-Bosco...

– Et son frère, précise Darius.

– Je suis sûr qu'il est lié à la mort de l'enfant-soldat. Tu ne crois pas ? demande Samuel.

– Peut-être, mais ce qui m'inquiète c'est que cette fois ils sont apparus sans qu'aucun de nous n'éprouve de colère ou de peur. Par eux-mêmes. Comment est-ce possible ?

– Je n'en sais rien. Allons chez Henri maintenant, il pourra peut-être nous apporter des réponses.

– De toute façon, il faut qu'on se pose quelque part. J'ai l'impression que mon cœur va éclater.

Darius acquiesce. Appuyé contre le mur, se faisant le plus discret possible, Jean-Bosco les attend, l'air grave.

16

Niveau d'activité paranormale : 12

Samuel émerge de la station Abbesses et inspire une grande bouffée d'air.

Les terrasses sont bondées ; un manège, triste et moderne, entraîne une horde d'enfants dans une ronde monotone.

Il ne peut s'empêcher de penser au manège fabuleux qui a disparu. Il se souvient de tout : le visage de Tug, les neuf tickets en carton épais, le cuivre de la fusée, le cuir usé de ses sièges, les rênes en corde d'un cheval sculpté à la peinture craquelée… Il l'imagine tournant inlassablement, ailleurs, loin d'ici, sans pouvoir s'arrêter pour qu'un enfant monte et donne son dernier ticket. Il n'y aura jamais de dixième tour, pour Tug comme pour lui.

Le manège appartient au passé, comme Tug, désormais. Pourtant la place des Abbesses n'a pas changé.

Quelques types, sweats à capuche, jeans bas, traînent sur la place pavée. Samuel rentre la tête dans les épaules et file vers les rues grimpantes. Il n'a pas envie de croiser les gens qu'il connaît. Mais il ne peut éviter Slad, l'épicier de son enfance, qui lui sourit chaleureusement et n'a pas l'air de s'offusquer quand il lui répond d'un simple hochement de tête. L'ombre de Tug est partout et celle de la famille qu'il constituait avec Emma surgit à chaque pas.

Samuel s'arrête devant l'immeuble délabré où vit Henri. Il n'ose pas tourner la tête et regarder, en face, la porte qu'il a passée chaque matin de son enfance. Il s'engouffre dans le hall aux carreaux cassés et aux murs fissurés. Scotchée sur une des boîtes à lettres, la carte qui annonce en lettres élégantes : « Henri, marabout. Ramène le grand amour et répare les PC » le rassure. Jean-Bosco, derrière lui, bondit.

– Un marabout ? s'écrie-t-il, effaré. Je n'irai pas chez un marabout.

– Je croyais que les Africains... commence Samuel, déconcerté.

– Tu vas dire une énorme connerie, murmure Joanna, en se calant contre le mur à la peinture marronnasse.

– Ces gens-là ne font rien de bon ! brame Jean-Bosco. Il va me parler de l'âme des morts !

– Bon, soupire Samuel, j'y vais. Vous m'attendez là tous les trois, d'accord ?

Au fond, l'occasion est trop belle. Il a envie de retrouver Henri, seul. Leur relation, qui s'est tissée mercredi après mercredi pendant des années, n'a jamais souffert d'avoir des témoins. Même Tug se sentait de trop, parfois, entre eux. Samuel monte les escaliers, des ailes aux pieds. Il a emprunté ce chemin des milliers de fois. Aujourd'hui, l'appartement d'Henri lui apparaît comme son vrai foyer.

La porte est toujours ouverte. Un parfum épais, de bougie et de plastique brûlés, sort du studio. Des riffs de guitare s'élancent dans le couloir et recouvrent les autres bruits de l'immeuble. Henri est là, au milieu de la pièce, accroupi sur un tapis élimé, ses bras noueux sortant d'un débardeur trop grand, pieds nus. La chaleur a perlé de sueur ses cheveux courts et grisonnants. Il se passe la main dans la barbe, concentré sur les composants d'un ordinateur ouvert.

Samuel s'arrête sur le pas de la porte et sourit.

Lorsqu'il relève la tête, le visage d'Henri s'illumine et ses yeux noirs brillent d'une lueur de joie.

– Toi, tu as des ennuis, prophétise-t-il.

– Comment tu as deviné ? demande Samuel.

– Ta mère m'a appelé, rit Henri. Elle voulait être certaine que, si tu venais te réfugier ici, je la préviendrais aussitôt.

– Ah ? s'inquiète Samuel en croisant les bras.

– Et toi ? Qu'en penses-tu ? Devrais-je le faire ?

– Pas si tu veux la vérité.

Henri marche dans la pièce, un tournevis à la main ; il pince les lèvres. Samuel a tapé juste. Il connaît la curiosité d'Henri.

– M'as-tu déjà menti, Sam ? l'interroge Henri.

– Jamais. Mais ce n'est pas une vérité qui me concerne. Elle concerne Tug, riposte Samuel, du défi dans la voix. Si tu penses qu'il est innocent…

La bouche du marabout se tord d'une irritation contenue. Il redresse soudain la tête, solennel :

– J'ai connu Tug pendant plus de trente ans, avant même qu'il te ramène ici avec ta mère, quand c'était un morveux qui faisait exploser des pétards dans les poubelles du quartier. Je ne croirai jamais un mot des accusations qu'on a portées contre lui. Tug est innocent. Tu le sais.

– Moi, oui, rétorque Samuel. Pas ma mère.

Il a conscience d'être injuste mais ne peut contenir sa colère. La voix du marabout devient soudain plus douce. Samuel reconnaît les accents qu'Henri prenait, dans son enfance, lorsqu'il lui racontait une histoire :

– Je la comprends. Parfois, j'observe votre ancien appartement par la fenêtre. Il me semble que Tug va apparaître et me faire un signe de la main, comme chaque matin, à l'aube, quand nous étions les seuls debout. Mais c'est toujours quelqu'un d'autre. Quelqu'un que je ne connais pas. La fenêtre ne s'ouvre jamais. Tant mieux. Si elle s'ouvrait, j'espérerais voir Tug. Ta mère ne veut pas ouvrir cette fenêtre-là. Elle ne veut pas espérer le voir apparaître. Elle ne veut pas se souvenir qu'il a été l'homme exceptionnel qu'elle a aimé. Et qu'elle l'a perdu.

– Tout le monde a du chagrin alors, lâche Samuel, d'une voix aigre. Tout le quartier préfère croire qu'il était un ripou.

– Pas tout le quartier, reprend Henri. Pas ceux que Tug a aidés et vraiment connus. Ceux de l'ombre. Nous, nous avons toujours su qui il était. Toi aussi.

– Donc tu n'appelleras pas Emma ?

– Pas tout de suite, non. Plus tard, pour lui confirmer que tu vas bien. Mais dis-moi ce qui t'amène…

– J'ai besoin de savoir, Henri. J'ai besoin de comprendre certaines choses, parce que tout est lié à Tug, finalement. Le pendentif, le jeune guerrier fantôme, Balder, les…

– Attends… D'abord, tu t'assois. Et tu reprends ton souffle. Ensuite, tu me racontes.

Samuel lâche l'histoire, morceau par morceau. Une petite trappe s'ouvre dans sa poitrine et libère le plomb qui l'empêche de respirer depuis plusieurs mois.

Henri n'a pas commenté, pas cillé. Il a les yeux baissés sur le tapis, jambes en tailleur. Lorsque Samuel a terminé, le vieil homme soupire.

– J'ai bien peur, Sam, que mes talents ne soient pas suffisants pour te répondre. Sache deux choses. Hatari signifie danger et c'est aussi un prénom.

– Sans doute celui du jeune guerrier !

– Je le crois. Tu n'es pas le premier à me demander le sens de ce mot. Il y a longtemps, ton beau-père est venu dans cette pièce et je lui ai dit exactement la même chose : Hatari est le prénom qu'on donne au Rwanda à certains enfants guerriers.

Une barre de concentration a forgé une ride sur le front d'Henri, plus profonde que les autres. Il ne se contente pas de rassembler des souvenirs ; il les ordonne.

– C'est un mot qu'il avait entendu dans ta bouche, plusieurs nuits de suite, reprend-il. Il s'était inquiété. Peut-être à cause de…

Henri s'arrête, se gratte la nuque, détourne de nouveau les yeux, vers le mur au fond de la pièce.

– Sam, tu le sais, continue-t-il. J'aimais Tug. Il m'avait demandé de ne pas te révéler ce secret-là avant que tu sois en âge de le recevoir. Mais il est mort, n'est-ce pas ? Et tu me sembles avoir besoin de l'entendre. Je te connais depuis tout petit. C'est moi qui ai compris le premier ce que tu vivais… enfin, vivais… c'est une façon de parler. Tu étais un enfant solitaire, tu te souviens, Sam ? Encore plus que maintenant. Et tu avais des jeux étranges. La plupart des enfants jouent à s'entre-tuer. Toi, non. Toi, tu jouais à être la mort.

Samuel ne dit rien. Il ne doit pas interrompre Henri, sous peine de le voir se fermer aussitôt.

– C'était impressionnant, grimace Henri. Tu mourais devant mes yeux, chaque mercredi. J'ai compris sur le parvis du Sacré-Cœur. Nous étions là à regarder Paris et soudain, tu t'es levé, Samuel. Tu as pris un bâton et tu t'es battu, contre un ennemi imaginaire. Et puis, tu es tombé. C'était tellement réaliste que j'ai cru que tu mourais vraiment. Les gens se sont précipités. J'ai dû batailler pour arriver jusqu'à toi – personne ne voulait croire qu'un marabout comme moi était la nounou d'un petit garçon blanc. Tu ne t'en souviens pas du tout ?

– Non. Je me souviens seulement de nos mercredis. Des glaces au citron. Des parties de cartes. Des ordinateurs que tu me laissais désosser.

– Je parle d'une période plus ancienne, objecte Henri. Bref, le problème s'est amplifié. Tes éducateurs, ton institutrice... ils voulaient t'envoyer chez le psychologue. Ils auraient préféré que tu joues à te battre, comme les autres, peut-être. Mais pas Tug... Tug savait ce que tuer veut dire. Il m'a demandé d'intervenir. Pas en tant que marabout – il ne croyait pas à ce genre de choses – mais en tant qu'ami. Comme je ne touche pas à la magie des morts, je suis allé voir un marabout plus puissant, le Moses[1]. Il a répondu à quelques questions. Il a demandé à t'observer et j'ai refusé. Avant de me mettre à la porte, il m'a expliqué que ton pouvoir resterait petit, chétif, tant que tu n'aurais pas rencontré une certaine personne. Voilà ce qu'il m'a dit : il ne faut pas qu'il croise l'homme-porte, sinon les morts le prendront pour passeur et le harcèleront jusqu'à la fin des temps.

Samuel lève un visage livide vers le marabout.

– L'homme-porte ? balbutie-t-il.

Il n'est pas bon en anglais mais comprend rapidement.

« Darius Doorman. »

Henri, qui n'a pas perçu son trouble, poursuit :

– Pendant quelques années, tu t'es calmé. Les esprits ont cessé de te parler. Tu as arrêté de rêver. Tu étais désespéré, parce que tu n'avais jamais de rêve à raconter.

– Oui. J'en inventais pour avoir l'air d'être comme vous...

1. Moïse en anglais, « Celui qui guide ».

– Quand tu as eu environ quatorze ans, les rêves sont revenus. Les cauchemars aussi. tu criais dans ton sommeil... Ce mot... Hatari. Danger.

– Est-ce que tu en as parlé à ce Moses ? demande Samuel.

– Non. On ne consulte pas le Moses pour un rêve. Et j'avais peur qu'il exige à nouveau de te voir. Il détient des réponses mais il n'est pas digne de confiance. Ces marabouts-là touchent à des sphères dangereuses. D'autres mondes...

– Il y a d'autres mondes ? ironise Samuel.

– C'est un garçon qui voit des morts qui plaisante avec ça ? sourit le marabout. Vraiment ? Voilà ce que je crois, moi : la frontière entre la vie et la mort est mince. Tous les esprits ne la franchissent pas. Les plus puissants restent... coincés. Peut-être parce qu'ils doivent encore régler des choses sur cette terre. Si le Moses dit vrai, certains vivants peuvent être des passeurs. Tu en fais sans doute partie.

– Qu'arriverait-il si j'avais déjà rencontré l'homme-porte ?

– Alors les esprits les plus forts se serviraient de toi comme instrument. As-tu rencontré un homme-porte, Samuel ?

Sam, perdu dans ses pensées, ne répond pas.

– Voilà qui expliquerait comment ils peuvent nous toucher, murmure-t-il. Ils gagnent de la puissance quand nous sommes ensemble...

– Je t'ai posé une question, insiste Henri. Le nom d'homme-porte te dit quelque chose ?

– Oui. Attends !

Samuel se souvient soudain que ses amis l'attendent depuis longtemps.

– Henri, je suis venu avec des amis.

– Des amis ? s'étonne sincèrement le marabout.

– J'ai des amis, oui, grommelle Samuel.

– Alors ils sont les bienvenus, annonce Henri.

17

Niveau d'activité paranormale : 0

Samuel descend les escaliers en courant.

Dans un coin du hall, Jean-Bosco est assis, le front posé sur les genoux. Joanna s'est installée sur une marche pour consulter sa tablette et Darius regarde les noms sur les boîtes à lettres. À voir sa tête, ce n'est pas la première fois qu'il les énumère du bout des lèvres.

Joanna et lui ne se font pas prier pour monter. Mais Jean-Bosco rechigne. Il jette des regards furibonds autour de lui et semble prêt à s'enfuir.

Henri apparaît en haut de l'escalier et fait signe au jeune homme de le rejoindre. Jean-Bosco s'exécute, de mauvaise grâce.

Samuel les entend parler dans la langue d'origine du jeune homme, un bon moment, puis Jean-Bosco éclate d'un rire entraînant, un rire qu'il ne lui imaginait pas.

– Qu'est-ce que tu lui as dit ? chuchote-t-il à l'oreille d'Henri, avant de rentrer dans l'appartement, derrière ses amis.

– Oh, rien… Des blagues de marabout.

Joanna semble se sentir tout de suite chez elle dans le minuscule studio rempli de carcasses d'ordinateurs. Elle s'est assise sur un coussin et attend, un sourire aux lèvres.

« On se demande où Joanna ne serait pas à l'aise », songe Samuel.

Darius observe la pièce avec l'expression impassible derrière laquelle il se réfugie lorsqu'il est troublé ou gêné. Jean-Bosco se dirige aussitôt vers la fenêtre et regarde la rue d'un air inquiet.

Darius s'avance vers Henri et se présente :

– Darius Doorman.

Henri a un moment d'arrêt. Samuel voit la stupeur, l'intérêt, l'inquiétude se succéder sur son visage.

– Henri, annonce-t-il, neutre.

Mais l'intensité de son regard parle pour lui.

– Vous pouvez rester ici un moment. Après, il faudra partir car la mère de Samuel viendra me voir. Est-ce que vous avez un endroit où vous réfugier ?

– Oui, répond Joanna. Ne vous inquiétez pas, j'y ai réfléchi. Merci pour votre hospitalité.

– Bien, souffle Henri.

Joanna semble passionnée par le travail d'Henri et lui pose des questions. À l'expression de son ami, Samuel comprend qu'il apprécie sa vivacité d'esprit.

Il en profite pour rapporter les propos d'Henri à Darius. Au début, le jeune homme hausse les épaules. Il produit un véritable effort pour aller au-delà de son éducation cartésienne et de sa culture scientifique. L'information sur l'homme-porte le trouble cependant au plus haut point et c'est d'une voix un peu étranglée qu'il demande :

– Devons-nous nous séparer ?

– Non ! rugit Samuel. Surtout pas.

Jean-Bosco s'est approché d'eux et leur sourit, de façon étrange. Il paraît soudain détendu, presque amical. Il leur indique la minuscule cuisine américaine d'Henri. Sur l'antique réfrigérateur, des photos sont fixées par des aimants de couleur.

– Rukundo ! s'exclame-t-il.

Il désigne une photo aux coins usés, dont la pellicule plastifiée s'est légèrement décollée.

Puis il traduit, à leur attention :

– Le bien-aimé.

La photo montre Tug, Ugo et Henri appuyés contre le mur de l'immeuble, dans une posture nonchalante. Une vraie photo pour pochette de CD. Emma l'a prise un été, quelques années auparavant. Le doigt de Jean-Bosco désigne Tug entre ses deux amis.

– Rukundo, répète-t-il.

Le mot résonne dans l'esprit de Samuel. Rukundo. Le premier mot qu'Hatari a prononcé pour eux.

18

Niveau d'activité paranormale : 0

Samuel se penche vers Jean-Bosco :

– Est-ce que tu connaissais bien Rukundo ?

– Oui, il nous a souvent aidés, ma mère et moi. Il a aussi aidé beaucoup de gens dans le quartier. Il n'était pas comme les autres policiers. Au pire, ils nous arrêtent. Au mieux, ils nous ignorent. Rukundo, lui, nous apportait des papiers, des informations. Parfois, il venait avec des gens d'associations d'aide aux réfugiés. Il nous avait presque obtenu des permis de séjour et de travail.

– Pourquoi n'étiez-vous pas à son enterrement ? interroge Samuel brusquement.

– Nous sommes sans papiers, grimace Jean-Bosco. Nous vivons dans des appartements délabrés, en cachette. Nous tremblons à chaque bruit de pas. Nous savions qu'il y aurait des policiers à l'enterrement. Peut-être même les types qui l'ont tué.

– Tu sais quelque chose sur les meurtriers de Tug ?

– Je sais ce que tout le monde sait. Il avait des ennemis. Le quartier est tenu par la bande de Lartige, depuis des années.

– Lartige ?

– L'homme qui menaçait ma mère. Un malfrat. Au début, il était gentil. Ma mère et moi travaillions pour lui. Ce n'était pas bien payé mais ce travail nous suffisait pour survivre. Surtout, il ne réclamait pas de papiers. Il nous payait en liquide, de la main à la main.

– Pour quoi faire ? questionne Samuel.

– De la couture.

– De la couture ? Curieux business pour un malfrat.

– Il a une entreprise de vêtements, précise Jean-Bosco. J'ignore ce qu'il fait exactement par ailleurs. Tout le monde se méfie de lui dans le quartier.

– Rukundo le savait-il ? demande Darius.

– Oui. C'est à cause de nous qu'il est mort. À cause de mon frère Hatari.

– Rukundo le connaissait ?

– Non. Hatari est mort avant. Il n'a jamais posé les pieds en France. Mais c'est grâce à lui que nous sommes ici.

Alors, la gorge nouée, Jean-Bosco raconte. Ce qu'il y a eu à sa naissance, et après. Samuel écoute cette voix aux accents profonds lui dépeindre l'horreur :

– Ma mère m'a raconté l'histoire de mon frère. Je suis né dans un village du sud du Rwanda mais je n'y suis pas resté longtemps. Quand j'étais bébé, une nuit, notre village a été attaqué par les Hutus. Mon père a pris mon frère Evas et ma sœur Chemsa, qui étaient très jeunes, avec lui, et a demandé à ma mère de s'enfuir avec moi. Il pensait que si nous nous séparions, nous serions repérés moins facilement. Il a dit à Hatari qui avait quatorze ans de partir de son côté. Ma mère m'a emmené. Avant de quitter le village, elle a vu mon père tenter de protéger mon frère et ma sœur des coups de machette. Ils sont tous morts sous ses yeux. Et elle a vu Hatari être capturé. Elle a marché jusqu'à un camp de réfugiés. C'est là que j'ai passé les deux premières années de ma vie. Ma mère pleurait ses enfants disparus et son mari. Une nuit, elle a été réveillée par un jeune homme couvert de sang, habillé en soldat. C'était Hatari. Les Hutus l'avaient enrôlé. Hatari n'a pas voulu dire comment il s'était enfui. Il était devenu presque muet. Il avait l'air d'un homme, d'après ma mère, mais quelque chose de terrible était né en lui. Il a convaincu ma mère de s'enfuir avec lui. Il était accompagné d'un autre garçon, plus âgé, un soldat comme lui, Jovanis. Nous avons marché, encore et encore, jusqu'à une frontière, puis une autre, puis la mer, avec d'autres réfugiés. Un passeur a accepté de nous emmener sur son bateau.

– Hatari avait assez d'argent pour le payer ?

– Non, mais il était malin. Il a réussi à nous faire monter dans le bateau. Je pense qu'il a donné quelque chose d'autre que de l'argent au passeur. Un secret. Un secret précieux. Seulement, Hatari s'est noyé durant la traversée. Le passeur aussi. Ma mère pense qu'ils se sont battus. Elle ne sait pas pourquoi. Après, nous sommes arrivés en France et ma mère s'est débrouillée.

– Et Jovanis ? demande Samuel.

– Il est parti de son côté. Ma mère ne voulait pas de lui. Elle s'en méfiait. Et elle avait raison. Il y a deux ans, il est réapparu. Il posait des questions. Trop de questions.

– À quel sujet ?

– Il disait qu'Hatari avait laissé un objet pour lui, crache Jean-Bosco, d'un ton vibrant de colère. Il mentait. Il ne savait même pas ce qu'il cherchait. Mais moi, j'ai mon idée.

– Est-ce que c'était ceci ? l'interroge Samuel en sortant le pendentif de sa poche.

Jean-Bosco tend la main vers l'objet, sourit tristement et se rétracte soudain.

– Je crois, oui. Je refusais qu'il tombe entre ses mains ou celles de quelqu'un d'autre. J'ai tenu bon. Je l'avais offert à Rukundo pour le remercier et le protéger.

– Est-ce une sorte de talisman ? questionne Darius.

– Ma mère m'a dit que la nuit de notre passage sur le bateau, Hatari l'a mis autour de mon cou. Je l'ai gardé des années contre mon cœur. Je l'ai donné à Rukundo, dans un porte-clés que je lui ai fabriqué. Il ne lui a pas vraiment porté chance. À nous non plus. Et à Hatari, encore moins. Son âme ne trouvera jamais le repos. Il n'a pas de tombe.

– Est-ce que Jovanis est revenu, après ?

– Non, mais d'autres personnes nous ont posé des questions sur Hatari et sur des lettres qu'il aurait laissées. Hatari ne savait pas écrire. Le pendentif est tout ce qu'il possédait. Tout ce qu'il nous reste de lui.

– Qui vous a posé des questions ? l'interrompt Samuel. Ce Lartige ? Qui d'autre ?

– Rukundo nous a interrogés, lui aussi, avec ses deux collègues. Le grand et le blond.

– Balder et Ugo ?

– Oui, confirme Jean-Bosco en montrant Ugo sur la photo. Celui-là est revenu après, pour nous aider. L'autre traîne dans le quartier. Il questionne les gens dans la rue. Mais il nous évite.

– M'étonne pas de Balder, maugrée Samuel. Est-ce que tu nous permets de garder le pendentif, Jean-Bosco ?

– Je l'ai donné à Rukundo. Tu es son fils, hein ? souffle Jean-Bosco, les yeux brillants.

– Non. Son beau-fils.

– Tu as le même regard que lui.

Samuel remercie Jean-Bosco, plus ému qu'il ne le laisse paraître. Il empoche le pendentif puis se tourne vers Joanna et Henri qui manipulent la tablette de la jeune fille avec passion. Henri s'émerveille de chaque nouvelle application qu'elle lui montre et rit :

– Ce sont des gadgets.

– Vous aimez les gadgets, affirme Joanna en montrant, de la pointe du menton, les gris-gris accrochés aux murs.

– Il faut partir, maintenant, intervient Samuel.

Avant de sortir, Henri se penche vers lui et murmure :

– Appelle-moi demain. Je vais aller voir le Moses pour ton homme-porte.

– Merci, Henri. Mais ne prends pas de risques, d'accord ?

– Pas plus que tu n'en prendras, sourit le marabout. Bonne chance, Sam.

19

Niveau d'activité paranormale : 0

– Tu es sûre qu'il ne vaudrait pas mieux aller dans un endroit plus discret ? demande Samuel, en contemplant la façade du bâtiment.

L'hôtel est une immense bâtisse, aux colonnes énormes. Deux statues spectaculaires contemplent Paris, de chaque côté du toit. L'entrée, gigantesque, est occupée par plusieurs voituriers, droits et solennels.

– Moi, je n'y vois pas d'inconvénient mais essaie de convaincre Milord de séjourner dans un hôtel sans room service ni minibar, ironise Joanna.

– Est-ce que c'est la fille qui va hériter de la moitié de Naples qui parle ? sourit Darius. Plus sérieusement, Samuel, c'est peut-être le dernier endroit où on pensera à nous chercher.

– Discrétion assurée, la maison propose ce genre de services, renchérit Joanna.

– Et comment allez-vous payer ? rétorque Samuel.

Darius sort une carte de crédit d'un noir de jais.

– Une carte se trace, remarque Samuel.

– Pas celle-là. Ma mère ne consulte jamais ce compte. Un accord entre nous.

– L'argent arrange tout, hein ? lance Samuel.

– L'argent aide, oui, répond Darius, calmement.

Samuel coule un regard gêné vers Jean-Bosco qui se tient en retrait, mal à l'aise. Le jeune homme qui les a suivis semble se demander s'il osera entrer dans un tel établissement. Joanna le prend joyeusement par le bras.

– On s'habitue au luxe, lui glisse-t-elle à l'oreille.

– Joanna… sermonne Darius.

Mais il n'ajoute rien. Jean-Bosco a souri à la jeune fille et se laisse entraîner vers l'entrée. Darius se poste en tête du groupe et s'avance d'un pas majestueux jusqu'au concierge qui le reconnaît visiblement, malgré sa pommette violette et ses vêtements couverts de poussière.

Quelques minutes plus tard, un employé les accompagne jusqu'à une suite, sans s'étonner ni poser de questions sur leur âge, leur apparence ou le fait qu'ils n'aient aucun bagage. Samuel se force à rester impassible, mais les lieux l'impressionnent.

Il calque son attitude sur celle de Darius qui, royal et digne, glisse un pourboire dans la main de l'homme trois fois plus âgé que lui. Joanna prend aussitôt possession des lieux en jetant son blouson sur un fauteuil et en branchant sa tablette sur secteur. Jean-Bosco s'assied timidement sur le bord d'un siège, pendant que Darius se dirige vers le téléphone posé sur un guéridon, près de l'entrée.

– Mathias ? Oui, Darius Doorman. Non, mon père n'est pas rentré des États-Unis... Je suis avec miss Joanna et deux amis étrangers... En cavale, voyons !

Darius éclate d'un rire d'une sincérité parfaitement imitée.

– Visiter Paris, c'est un peu avoir le sentiment d'être en cavale, n'est-ce pas ? Pourriez-vous nous faire monter à manger ? Nous sommes épuisés et affamés. Oui, tout à fait... Merci, Mathias. Je n'y manquerai pas.

Samuel écoute Darius mentir avec brio puis s'affale sur un des deux canapés en velours rouge, aux pieds sculptés et dorés, qui se font face, séparés par une table basse. Le salon offre deux fois plus d'espace que celui de Samuel.

Il aurait adoré profiter de ce luxueux endroit mais il pense aux dossiers de Tug et décide de les sortir de son sac à dos. Désormais, il sait que le pendentif est un objet précieux, convoité par tous et sans doute à l'origine de la mort de Tug. Il voudrait savoir à quoi il sert et si un flic est vraiment lié à cette affaire. Cette histoire de passe que l'homme à la cicatrice possède le laisse songeur. Il épluche de nouveau les factures. Darius vient lire par-dessus son épaule. Il prend les feuilles une à une à sa suite et finit par attraper le dossier tout entier.

– C'est une pochette-surprise, murmure-t-il soudain.

Il palpe le dossier cartonné sur la longueur, extrait une clé de sa poche et la glisse entre la couverture rigide et la doublure en papier. Avec précaution, il passe la main entre les deux puis sort une enveloppe en papier kraft qu'il tend à Samuel.

– Je t'en prie, dit ce dernier, impressionné.

Darius ouvre l'enveloppe et découvre deux liasses de billets de cinq cents euros, tellement neufs qu'ils semblent repassés, ainsi qu'une simple feuille pliée en quatre. Il pose l'argent sur la table basse devant lui puis tourne la feuille vers Samuel.

Il y lit quatre noms : Hatari, Lartige, Giorgi et Phénix.

– D'où vient l'argent, à ton avis ? demande Darius.

– Aucune idée.

Jean-Bosco s'est approché et contemple les liasses, ébahi.

– Rukundo nous donnait de l'argent, précise-t-il, en caressant les billets du bout des doigts. Mais je n'en ai jamais vu autant.

– Moi non plus, le rassure Samuel. Ce qui m'intéresse un peu plus, ce sont ces noms. On en connaît déjà trois. Phénix te dit quelque chose, Jean-Bosco ?

– Non, pas vraiment, répond le jeune homme, les yeux toujours fixés sur les billets.

– Le phénix est un oiseau qui renaît de ses cendres, ânonne Darius.

– Merci, professeur Doorman, siffle Joanna à l'autre bout de la table basse, sans quitter sa tablette des yeux.

Darius hausse les épaules et continue :

– C'est le seul nom codé de la liste. Peut-être celui du flic.

– Pas bête, l'encourage Samuel. Bon. Nous n'avons pas vraiment avancé sur la piste Lartige.

Il montre la facture à en-tête de soleil.

– Tug avait réuni des preuves, mais pas assez.

Il est interrompu par un coup discret à la porte. Un groom entre, avec un plateau chargé. Impassible, il soulève les cloches en argent qui couvrent les plats. Jean-Bosco et Joanna roulent des yeux ronds et affamés.

Pendant qu'ils se servent, Samuel attrape un morceau de pain dans une corbeille et reprend les dossiers.

– Il nous manque un lien... réfléchit-il à voix haute. Entre ce qu'il s'est passé au Rwanda, le secret d'Hatari et ce Lartige.

– Il a vécu en Afrique, ton Lartige, annonce Joanna, la bouche pleine. J'ai cherché un peu. Pas facile à tracer, le bonhomme. Il a passé une bonne partie de sa vie au Congo. Il y était entre 1990 et 2001.

– Ce qui explique qu'il embauche des sans-papiers africains.

– Mais cela n'explique pas pourquoi il est parti en laissant tout sur place, même son entreprise au Congo...

Samuel soupire et jette les papiers sur la table.

Il a beau réfléchir, il ne trouve rien de précis. Il tend la main vers les billets et les effeuille, un à un, comme il manipulerait un jeu de cartes.

– Excusez-moi, je vais prendre un peu l'air, dit-il en ouvrant la baie vitrée qui donne sur la terrasse.

Il repense à la réflexion de Darius.

« L'argent aide. Oui. Mais ce n'était pas le souci de Tug. »

Tug avait une véritable répugnance pour tout ce qui touchait à l'argent.

– Ton snobisme, riait Emma. Tu considères que l'argent est vulgaire !

– Je considère que l'argent pourrit les gens, martelait Tug.

– Oui, pratique, comme théorie, ripostait Emma. C'est moi qui en gagne le plus dans cette maison.

– Et je n'ai aucun problème avec ça... Gagne tout l'argent que tu peux, mon amour, je me ferai un plaisir de te regarder le claquer...

Samuel a toujours gardé cette dernière phrase en mémoire, lui à qui le moindre euro brûle les doigts, comme sa mère. Emma gagnait de l'argent, le dépensait. Tug le donnait.

« Enfin, pas toujours. »

20

Niveau d'activité paranormale : 0

Un souvenir surgit, précis, présent. Un souvenir qui a marqué Samuel dans son enfance et a changé sa perception du monde. Un souvenir qui était Tug, dans toute sa grandeur d'âme. Un souvenir qui le montrait différent et rappelle à Samuel qu'il ne peut pas douter de son innocence, même devant ce paquet d'argent qui sent l'illégalité à plein nez.

Il perd peu à peu contact avec la réalité et se retrouve dans le métro, effeuillant son souvenir sur les marches qui mènent sous terre. Tug descend à côté de lui, les mains dans les poches de son blouson, en silence. Samuel doit avoir treize ou quatorze ans... Treize ans... C'est l'année où, pour son anniversaire, Tug a pris une journée de congé et l'a amené au cinéma. Emma n'est pas là pour cause de déplacement professionnel et Tug n'a pas supporté l'idée que Samuel passe son anniversaire tout seul.

Dans le métro, une chaleur insupportable force les gens à se tenir à bonne distance les uns des autres. Ils sont arrivés sur le quai qui doit les ramener à la maison – Tug a une vraie passion pour le cinéma de la Bibliothèque nationale. Samuel a vu la jeune femme et la petite fille assises à même le sol. Son regard s'est attardé sur l'air amorphe de l'enfant, sur sa saleté et son immobilité. C'est devenu une habitude. Il suffit de passer.

Mais Tug s'arrête et se baisse à leur niveau, en pliant ses longues jambes. Il a sa tête de flic, concentrée, investie. Samuel ressent un malaise. Que va-t-il faire ? Les arrêter, devant lui ?

Tug sort la main de sa poche et, au lieu de brandir sa carte de police, tend un objet à l'enfant. Une petite peluche, de celles qu'on trouve dans les boutiques pour touristes de Montmartre. La jeune femme ne dit rien. La fillette attrape l'ours jaune, d'un mouvement vif, et ses yeux s'éclairent. Tug lui sourit. Lorsqu'ils montent dans la rame, Samuel observe toujours l'enfant qui joue avec l'ours, une expression sérieuse sur le visage.

– Pourquoi tu lui as donné une peluche ? demande Samuel.

– Pourquoi pas ? dit Tug d'un air satisfait.

– Elles préfèrent l'argent, tu sais bien, l'informe Samuel, sûr de lui.

– J'aurais dû leur en jeter, Sam ? s'enquiert Tug, un peu agacé.

– Non... Enfin, je ne sais pas... Au collège, on dit qu'ils n'en ont pas besoin.

– Qui « on » ? Tes copains ? réplique Tug, les sourcils froncés. Qui répètent ce qu'ils entendent à la maison ? Des histoires de Rolls qui viennent chercher les mendiants ? Les gens sont cons, parfois. Je vais te dire la vérité, mon grand. Si elles ne rapportent pas suffisamment d'argent, elles se feront sans doute battre.

– Alors pourquoi on ne les aide pas ?

– Parce que ce serait participer à ce système pourri. Tu sais ce que c'est un cas de conscience ? Si je leur donne de l'argent, je participe. Si je ne leur en donne pas, elles souffrent, articule Tug, avec conviction.

– Mais la police, vous, vous ne pouvez rien faire ? remarque Samuel qui prend aussitôt conscience de sa naïveté au regard que Tug lui lance.

– Elles n'ont pas d'identité. Tu veux qu'on fasse quoi ? On prend la gamine ? Il n'y a pas de moyens suffisants pour s'occuper de tous ces enfants... Parfois, on agit. Souvent, on ignore. C'est dégueulasse, hein ? Les politiciens n'en parlent jamais. Les flics ne font presque rien. Ce sont des enfants fantômes, Samuel. Ils n'existent pas. Et il y a pire.

Il dévisage Samuel, attendant qu'il le questionne. Tug aime qu'on pose des questions.

– Quoi ?

– Tout ce que ces enfants voient du monde, ce sont des pieds. Toute la journée. Jamais un visage. Des pieds qui passent. Tu comprends, maintenant ?

– Tu l'as regardée, cette petite fille, avance Samuel, qui saisit soudain le geste de Tug.

– Elle m'a regardé, surtout. Elle a vu un visage. Quelqu'un qui lui a donné autre chose que du fric. La peluche, c'est un prétexte. Quelqu'un, dans sa journée, l'a laissé voir son visage. Les gens ne se résument pas à des pieds. L'être humain a un visage, qui exprime une émotion. Pas des pieds qui l'emmènent vite ailleurs, loin de la misère qui le dérange. N'oublie jamais, Samuel : avant de faire du mal à quelqu'un, contemple son visage et demande-toi qui est cette personne.

Il se tait de nouveau, fronce les sourcils, et se baisse un peu pour mettre son visage au niveau de celui de Samuel et murmurer :

– Où vont tous ces enfants dont pas un seul ne rit ?

– Quoi ?

– C'est un vers du père Hugo, Samuel. Un visionnaire. S'il savait qu'on est revenus à la cour des Miracles, il piquerait une belle gueulante. Ou il chialerait. Où vont tous ces enfants ? Vers quel avenir ? Sam, quand je regarde leur visage, je ne vois pas seulement des enfants, mais les adultes qu'ils risquent de devenir. Je crois que c'est ce qui m'intéresse, au fond. Voir le vrai visage des hommes.

21

Niveau d'activité paranormale : 0

De retour dans la suite, Samuel observe Jean-Bosco qui mange avec application, en faisant attention de se tenir aussi bien que Darius et Joanna. De temps en temps, il leur adresse un sourire, simple et sans équivoque.

« J'ai le même regard que Tug. Ouais. Parce que c'est lui qui me l'a donné… »

Il se penche vers Jean-Bosco.

– Tu trouves vraiment que je ressemble à mon beau-père ?

– Oui, réplique Jean-Bosco. Je l'ai pensé tout de suite.

Samuel hoche la tête.

« Tug ne serait jamais resté dans une chambre d'hôtel. Il aurait cherché, quitte à ne pas manger ni dormir. Il aurait agi. »

Samuel se lève d'un bond, rassemble les papiers, les remet dans le dossier.

– Où vas-tu ? questionne Darius.

– Chez Lartige. Enfin dans sa boîte. Il me faut des réponses.

– Seul ? Hors de question, riposte Darius en s'essuyant la bouche et en tendant la main vers son manteau.

– On y va tous, approuve Joanna.

– Non. Pas tous, réfute Samuel. C'est trop risqué pour Jean-Bosco. Joanna, tu restes ici avec lui.

– Parce que je suis une fille ?

– Parce que je ne veux pas t'impliquer.

– Et tu vas faire quoi, une fois là-bas ?

– Explorer chaque piste. Fouiller les dossiers, les ordinateurs.

– Les ordinateurs seront sûrement protégés par un mot de passe, l'informe Joanna, avec un sourire railleur. Est-ce que tu sais déjouer un système de surveillance ?

– Toi, tu peux ? demande-t-il à Joanna.

– Évidemment, je peux. Je crois que tu n'as pas le choix.

– Encore une fois, sourit Samuel. D'accord. Joanna et moi, on file chez Lartige. Le temps d'y aller, il fera nuit. Jean-Bosco et Darius, vous nous attendez là.

– Pas de problème, affirme Darius. Je suis conciliant.

– C'est même ta principale qualité ! s'exclame Joanna en lui posant un baiser sonore sur la joue.

– Je croyais que c'était mon excentricité qui t'avait séduite, riposte Darius, pince-sans-rire.

Leurs yeux se sourient puis Joanna range sa précieuse tablette dans son sac à dos et enfile son blouson.

– Je te laisse le pendentif, dit Samuel. Et les dossiers. Si je me fais choper...

– Tu ne te feras pas choper, l'interrompt Darius.

– S'il y a un problème, tu appelles Ugo, reprend Samuel en griffonnant son numéro sur la couverture du dossier de Tug.

Darius acquiesce. En refermant la porte de la suite, Samuel prie pour que son ami n'ait pas à s'en servir.

La nuit enveloppe la ville. Joanna et Samuel prennent le métro, puis un RER qui les crache sur un quai gris et triste. Ils ont quitté le flot des voyageurs se pressant vers la sortie et ont traversé les voies. Joanna les a guidés grâce au plan apparu sur sa tablette.

Ils arrivent dans une zone industrielle qui, à cette heure, est déserte. Les entrepôts succèdent aux bureaux, entourés de grilles bardées de panneaux de couleur. Ils trouvent rapidement les locaux de Lartige SA. Une herbe jaunie entoure un bâtiment carré. Sur le côté, plantée comme une verrue, une guérite au toit de tôle laisse filtrer de la lumière par l'entrebâillement de sa porte.

– Le gardien, chuchote Joanna.

Ils contournent le bâtiment en suivant la grille. Samuel éprouve sa solidité puis il grimpe en vitesse et saute de l'autre côté. Joanna, agile et rapide, passe à son tour.

Samuel appréhende, d'un coup d'œil, une petite porte grise. Il se dirige vers elle, Joanna sur ses talons, aussi silencieux l'un que l'autre. L'herbe amortit leurs pas.

– Système de sécurité, confirme Joanna en montrant un boîtier.

Elle retrousse sa manche, dévoilant le bracelet que Samuel ne lui a jamais vu quitter. Elle fouille dans sa poche, en sort une boîte en plastique, dont elle fait glisser le couvercle. Des clés de différentes formes, enchâssées dans un socle, s'étalent côte à côte. Elles ont toutes un port USB.

Joanna en sélectionne une, la branche sur son bracelet et insère l'autre extrémité sous le digicode qui s'allume aussitôt.

Des chiffres défilent, à toute vitesse. Enfin, le code s'affiche. Joanna le tape et la serrure de la porte émet un déclic percutant.

– Pas mal, apprécie Samuel.

Elle sourit, modeste, et s'efface devant lui.

L'escalier est plongé dans le noir. Samuel monte à tâtons. Joanna, derrière lui, s'accroche à son blouson pour ne pas trébucher.

Une nouvelle porte. Samuel l'ouvre, le plus doucement possible. Une faible lumière éclaire une pièce dans laquelle un ordinateur trône, sur un bureau de mauvaise qualité. Les murs sont couverts d'étagères en fer.

Joanna pose son sac à côté de l'appareil. Elle en extrait une simple clé USB transparente.

– Ce petit bijou permet d'extirper toutes les données d'un ordinateur, sans entrer de mot de passe, explique-t-elle. Il contient une version particulière du logiciel COFEE utilisé par la police.

– Tu as tous les gadgets de la terre, hein ? murmure Samuel, impressionné.

L'ordinateur émet une série de ronronnements. Un à un, les écrans de contrôle s'évanouissent. Joanna se retrouve rapidement au cœur du système. Un nombre impressionnant de dossiers se déploie en arborescence.

– Allons-y, s'exclame la jeune fille, en lui adressant un clin d'œil.

22

Niveau d'activité paranormale : 0

Dix minutes après, Joanna éteint l'ordinateur et récupère sa clé USB.

– Alors ? demande Samuel.

– Alors, bingo ! Rien sur un quelconque marché avec le Rwanda…

– Pardon ?

– Bingo parce que j'ai trouvé un dossier secret. Très bien caché, un vrai casse-tête, malgré mon petit gadget.

– Et qui donne quoi ?

– Une carte ! s'enthousiasme Joanna. Une carte du Rwanda, avec des endroits noircis. Spécialement éditée par Lartige SA.

– Tu l'as récupérée ?

– Non, je l'ai apprise par cœur… Évidemment, je l'ai. On file ?

– On file, confirme Samuel. Je n'ai rien trouvé de mon côté.

– Tu vois bien que je t'étais utile ! sourit Joanna.

Samuel redescend l'escalier sans perdre de temps et tente d'ouvrir la porte, en vain.

– Merde ! s'écrie Joanna. Le code s'est réenclenché !

– Et tu ne peux pas refaire ton tour de passe-passe ?

– Pas de l'intérieur. Je ne traverse pas encore les murs. On remonte.

Il y a une porte, au fond du bureau, entre les étagères, qui s'ouvre sans difficulté, sur une mezzanine en fer. Des escaliers précédés par une porte à barreaux descendent vers un entrepôt rempli de cartons.

– Fermée ! dit Joanna après avoir essayé d'actionner la poignée. Et celle-là, je ne peux pas l'ouvrir.

– On n'a plus qu'une solution, constate Samuel.

– Laquelle ?

– Sauter, répond-il en désignant les cartons sous eux, à trois bons mètres de distance.

– Sauter ?

– Ou attendre qu'on nous délivre demain matin ?

Joanna a une moue blasée. Puis elle se penche par-dessus la rambarde.

– Je ne suis pas mauvaise en gymnastique.

Sans ajouter un mot, elle grimpe et saute dans le vide. Un bruit mat accompagne sa chute puis elle lève la main vers Samuel, pour lui signaler que tout va bien. L'adolescent monte à son tour sur la rambarde et, sans regarder en bas, se laisse tomber. Il plie les genoux pour amortir sa chute. Le choc se répercute dans tout son corps et il doit poser les mains sur le sol, dans une position simiesque.

– Bizarre, murmure Joanna.

– Je connais aucune façon élégante de faire une chute de trois mètres, rétorque-t-il, vexé.

– Non, pas ta façon de sauter. Le bruit. Nous n'avons pas produit le même bruit en nous réceptionnant.

Joanna glisse son pied sur le lino usé.

– Personne ne prendrait la peine de poser du lino sur le sol d'un entrepôt. Il y a du béton en général, non ? fait-elle remarquer.

– Mes chevilles apprécient ce détail, souffle Samuel.

Joanna ne l'écoute pas. Elle soulève un bord décollé du revêtement, en l'attrapant des deux mains. Ce n'est pas, comme ils s'y attendaient, du béton mais une trappe en bois. Samuel l'ouvre et découvre une autre trappe dans laquelle est enchâssée une poignée de métal.

Il la dégage et tire le volet.

– C'est une vraie boîte gigogne, dit Joanna.

– Une quoi ?

– Une boîte gigogne. Les boîtes qui rentrent les unes dans les autres. Tu vois ?

Ce que Samuel voit à cet instant, ce sont deux containers, espacés d'à peine soixante centimètres. Il n'y a pas de poignée cette fois-ci mais un digicode sur le côté de chaque container.

– Ils sont codés. Tu penses pouvoir les ouvrir ?

Joanna acquiesce et se glisse par l'interstice laissé entre les containers. Samuel l'entend manipuler son bracelet puis un bruit métallique lui indique qu'elle a réussi. Le couvercle d'un des containers s'ouvre.

– Qu'est-ce qu'il y a à l'intérieur ? questionne Joanna.

– Des armes !

Bien empilés les uns sur les autres, chargeur à part, les fusils pointent leurs canons noirs et fuselés dans leur direction. Ils semblent neufs : le garde-main, lisse et brillant, ne montre aucune trace d'usure.

– Des kalachnikovs, murmure Samuel.

Il sort le portable prêté par Darius et prend plusieurs photos. Puis il referme le container.

– Joanna ? Il vaut mieux ne pas trop traîner ici.

– Je sais, gémit la voix étouffée de Joanna. Mon bracelet est coincé... J'ai dû forcer pour entrer la clé et je n'arrive pas à la récupérer.

– Je viens t'aider.

Samuel descend mais son pied glisse. Dans sa chute, il entraîne la trappe qui retombe lourdement sur eux, les plongeant dans l'obscurité. Piégés.

Samuel tend les bras et pousse de toutes ses forces. Rien ne bouge. Le mécanisme de fermeture s'est remis en place.

Il entend Joanna qui souffle à côté de lui.

– J'ai... une petite tendance... à la... claustrophobie, halète Joanna. Je ne... supporte... pas... d'être... enfermée.

Samuel lui prend la main et respire profondément, pour lui montrer l'exemple.

– Ne panique pas !

– Dire aux gens qui paniquent de ne pas paniquer ne sert absolument à rien ! hurle Joanna.

Sa colère a atténué la crise. Elle récupère son bracelet. L'instant d'après, la lumière de l'écran éclaire son visage anxieux.

Sa respiration est encore difficile mais elle essaie de se maîtriser et pianote sur le mini-clavier de son gadget.

– Je préviens Darius.

– Il n'arrivera pas tout de suite, fait remarquer Samuel. Et il n'a pas le code d'entrée.

– Je le lui ai envoyé, précise Joanna.

Le silence envahit la cache. Samuel a conscience qu'ils vont rester coincés dans ce trou pendant au moins une heure.

23

Niveau d'activité paranormale : 0

Samuel sent Joanna glisser à côté de lui pour s'asseoir. Il l'imite, en encastrant ses genoux contre ceux de la jeune fille. L'espace est réduit et le contact des containers désagréable. La respiration de Joanna reprend un rythme irrégulier, inquiétant.

– Ça va ? s'inquiète Samuel en cherchant la main de la jeune fille dans l'obscurité.

Il sent son contact chaud contre sa paume. Elle ne répond pas, concentrée sur son souffle.

– Pense à un truc qui te détend, murmure Samuel d'une voix apaisante. Ton parfum préféré ?

– Citron, balbutie Joanna.

L'arôme lui va bien : fruité, acide et estival.

– Ta couleur préférée ?

– Pourquoi une ? rit faiblement Joanna.

Sa respiration s'accélère.

– Être enfermée me rappelle de mauvais souvenirs.

– N'y pense pas, la supplie Samuel, en lui serrant la main.

– Difficile, bredouille-t-elle. Tu arrives à oublier que ton beau-père est mort, toi ?

Samuel ne sait pas quoi répondre. Non, il n'arrive pas à oublier que Tug est mort. Il vit avec cette pensée qui l'accompagne chaque jour. Il a le sentiment qu'il ne s'en débarrassera jamais.

– Quand j'avais dix ans, un soir, j'étais en voiture avec ma mère, continue Joanna d'une voix hachée. Elle a voulu éviter un animal sur la route, dit le rapport de police. Mais moi, je m'en souviens très bien. Il y avait un homme, sur la route. Un homme armé qui nous menaçait, sans doute un type qui avait eu affaire à mon père pendant une de ses missions. La voiture a fait une embardée. Nous avons heurté la barrière, puis un arbre. Quand je me suis réveillée, j'étais toujours dans la voiture, coincée à l'arrière… et ma mère…

Sa voix se brise, comme elle poursuit :

– Ma mère était morte. Je suis restée à ses côtés. Longtemps. Je savais qu'elle était morte.

– Nous avons plus en commun que tu ne le crois, murmure Samuel. On a tous les deux perdu quelqu'un qu'on aimait dans des circonstances dramatiques.

– Il faut que je sorte ! hurle soudain Joanna, en se levant brusquement.

Elle se cogne la tête contre la trappe et retombe, maladroitement. Samuel la serre contre lui. Le corps de la jeune fille, tendu à l'extrême, est parcouru de frissons.

– Pense à autre chose. Ton premier souvenir ? Heureux, le souvenir !

– Je ne sais pas... peut-être... la Toscane... la villa de mon grand-père... bégaie Joanna.

– Accroche-toi à cette image. Donc, la Toscane ? souffle Samuel, doucement.

– Assise sur une barrière, marmonne Joanna, le nez dans son cou.

– Tu as quel âge ?

– Cinq ans. Non, six... Assise sur une barrière avec mon grand-père. On regarde un cheval qui court.

– Tu aimes les chevaux ? l'encourage Samuel.

– Horreur de ça, grince Joanna. Enfin, j'aime les chevaux en liberté... Jamais compris comment on pouvait dire qu'on aime un animal et l'obliger à nous porter sur son dos...

– Et ce cheval-là ?

– C'est le cheval de ma mère, continue Joanna. Elle n'est pas là. Il y a du soleil derrière les arbres, de l'autre côté de l'enclos. C'est l'été. La fin de la journée. Je saute de la barrière pour aller caresser le cheval. Mais il se met à galoper autour de moi. Mon grand-père court vers nous. Et il me voit rire. Il ordonne au cheval de tourner, de plus en plus vite, en l'appelant. Je tends les bras. Le ciel me semble à portée de main. Il n'y a plus que le bruit des sabots du cheval, la voix et le rire de mon grand-père et mon rire à moi qui monte, monte, monte... et...

– Et ?

Sa respiration est redevenue normale. Le timbre de sa voix a repris des accents clairs, vifs, qui lui ressemblent.

– Pour la première fois, je me sens libre, s'exclame-t-elle. Tellement libre que je pourrais hurler.

Durant quelques minutes, ils se taisent. Samuel écoute la respiration de la jeune fille, guettant le moindre changement. Elle se blottit contre lui. Des mèches duveteuses lui chatouillent le menton. Il les repousse puis continue son geste en lui caressant doucement les cheveux.

– Et toi, Sam ? chuchote Joanna, dans son cou. Ton premier souvenir heureux ?

Il ne s'attendait pas à ce qu'elle lui retourne sa question. Un flot de souvenirs remonte à la surface. Ils font tous apparaître les mêmes visages. Les souvenirs de Samuel sont des personnes, pas des situations. Le visage de gens qu'il aime. Sa gorge se serre quand il répond :

– Tug. Quand ma mère m'a présenté Tug.

Il baisse la tête, il pleure. Il sent les doigts de la jeune fille sur sa joue, puis sa poitrine contre la sienne. Son souffle chaud n'est plus qu'à quelques centimètres de son visage.

– On va bientôt manquer d'air, murmure-t-elle.

Une sensation étrange tord le ventre de Samuel. De l'envie. Du malaise. Il voudrait que cet instant s'arrête puis recommence. Pourtant, il pose ses deux mains sur les épaules de la jeune fille et l'éloigne avec douceur.

– Quoi ? s'exclame Joanna.

– Je ne suis pas sûr que ce soit une bonne idée, bredouille Samuel, même si tout son corps hurle le contraire.

– Tu ne veux pas blesser Darius, d'accord, soupire-t-elle, résignée.

– Pas vraiment, murmure Samuel. Juste... Ce geste ne me ressemble pas. Et à toi, non plus, je pense.

D'un mouvement lent, comme à regret, Joanna réintègre sa place entre les deux containers, face à lui. Il voudrait voir son visage tout en étant soulagé qu'elle ne puisse voir le sien.

– Je peux te poser une question ?

– Tu viens de le faire. Mais oui, tu peux en poser une deuxième.

– Tu es amoureuse de Darius ?

– Que je l'aime ou non changerait quelque chose ?

– Pour moi, oui, avoue Samuel.

– Darius et moi, c'est particulier, déclare Joanna d'un ton neutre.

– Réponds à ma question !

Joanna semble chercher ses mots puis s'éclaircit la voix :

– Darius et moi nous ressemblons. Et nous sommes liés, au-delà de nos goûts, ou de notre milieu. Darius et moi avons échappé tous les deux à la mort. Et même s'il ne le montre pas, il sait ce que vivre avec cette idée signifie.

– C'est-à-dire ?

– Tout simplement que nous ne perdrons pas une seule seconde de notre vie. Et voilà pourquoi...

Il entend le frottement de ses vêtements contre les containers et comprend qu'elle se redresse de nouveau.

– … même si j'aime Darius…

Il sent ses mains sur ses avant-bras. Puis son souffle, qui remonte le long de son cou, de son menton, jusqu'à sa bouche.

– … si je risque de mourir dans les heures qui viennent… et si j'ai envie d'embrasser quelqu'un…

Elle pose un baiser doux, léger, sur ses lèvres.

– … je le fais.

Ses lèvres effleurent encore celles de Samuel puis reculent un peu. Samuel avance la tête et l'embrasse, en l'enlaçant. Elle répond à son baiser.

24

Niveau d'activité paranormale : 20

Brutalement, la trappe s'ouvre. Une lumière aveuglante les inonde. Samuel ne parvient pas à identifier la personne qui attrape Joanna par le col de son sweat et la remonte à la surface. Il ne pense qu'à Darius, soudain affolé à l'idée que son ami ait pu les découvrir collés l'un à l'autre, absorbés par leur baiser.

Il voit les boots de Joanna s'appuyer sur un des containers et disparaître. Une poigne puissante l'agrippe à son tour par son blouson pour le tirer vers l'extérieur.

Les yeux de Samuel s'habituent rapidement à la lumière crue des néons. Joanna est allongée sur le sol, jambes repliées. Il tourne la tête pour apercevoir celui qui les a délivrés.

– Je t'avais conseillé d'éviter les ennuis, petit, grogne une voix qu'il connaît trop bien.

Balder le pousse vers Joanna. Samuel trébuche, ses jambes sont ankylosées par sa longue station assise entre les containers.

– Tu aurais préféré que je reste loin de tes petites affaires, hein, aboie Samuel, en se redressant.

– Oui.

Balder est un homme de peu de mots.

– On va régler le problème une bonne fois pour toutes, annonce-t-il, d'un ton rauque.

Samuel se crispe. La peur le prend au ventre. Il est facile de s'opposer à un étranger, pas au type qui a partagé tant de moments de son enfance. Il a du mal à réaliser que l'homme qui l'attendait à la sortie de l'école avec son beau-père est son ennemi.

Un grincement attire l'attention du flic ; Samuel en profite pour faire signe à Joanna de reculer. La jeune fille est déjà sur ses pieds et se précipite vers une porte au fond du hangar, qui bascule lentement, avec un son infernal. L'air de l'extérieur entre brutalement. Samuel perçoit sa tiédeur ; ce n'est pas le vent annonciateur de la présence glacée d'Hatari.

Joanna s'accroche à la poignée et tire ; Balder se tourne vers celui qui est entré par la grande porte, sans se cacher. C'est Ugo, les mains dans les poches de son blouson en cuir, plein d'assurance.

– Tu sais que c'est puni par la loi, de courir après les gamins, Balder ? Et d'intercepter les coups de fil des collègues ?

Balder grogne quelques mots que Samuel n'entend pas. Joanna l'a rejoint. Elle ouvre la porte, qui se referme derrière eux. Ils sont à l'air libre.

La main de Joanna attrape celle de Samuel et la serre. Ils courent ensemble vers le grillage qui entoure le hangar et les bureaux. Soudain, ils sont pris dans un faisceau lumineux qui balaie l'herbe rare.

– Stop ! hurle une voix stridente.

Samuel redouble de vitesse. Mais Joanna ralentit, et le tire de toutes ses forces pour l'obliger à s'arrêter.

– Il a un flingue ! hurle-t-elle.

– Les gardiens n'ont pas de fl... commence Samuel.

Pourtant, c'est bien le canon d'un pistolet automatique qu'il sent soudain entre ses côtes. Il s'immobilise.

Une brise légère, froide, lui parvient. Hatari n'est pas loin mais, en l'absence de Darius, l'apparition ne pourra pas s'incarner.

Samuel pivote lentement, pour faire face à celui qui lui enfonce l'arme dans le dos, et reconnaît aussitôt l'homme noir, agité et inquiet, qu'il a vu discuter avec Balder, la veille, juste après avoir failli être percuté par la voiture. Il porte une veste ouverte sur une chemise déchirée, d'un orange passé. Il tient son automatique en tremblant et ses yeux roulent dans leurs orbites, mais il est droit, devant eux.

– On s'est perdus, tente Samuel.

– Vous allez me suivre, ordonne l'homme d'une voix incertaine.

Un coup de feu retentit dans le hangar. Samuel tressaille.

– Ugo !

Il bondit, l'homme le tient en respect d'un mouvement de pistolet.

Le courant d'air froid s'intensifie. Un bourdonnement électrique les entoure. Samuel perçoit la présence d'Hatari, plus proche, mais encore impalpable. Il ressent, plus qu'il n'imagine, la progression de Darius, au fur et à mesure que l'air s'opacifie.

– Darius approche, souffle-t-il à Joanna.

Samuel éprouve un élan de courage à cette idée.

Soudain, le tourbillon dans lequel il semble enfermé se dissipe. L'homme qui le menace écarquille les yeux, ouvre la bouche et crie. Le bourdonnement s'intensifie. Sa main tremble et l'automatique saute de ses doigts crispés. L'homme tombe à genoux et hurle :

– Au secours ! Moses !

Le froid est toujours là mais Samuel ne distingue rien. Il comprend qu'Hatari a mis toute son énergie pour tenter de se matérialiser. Il ne perçoit plus que quelques ondes éparses.

Au nom de Moses, Samuel a sursauté. D'un saut, il est sur l'homme, l'attrape par le col et le force à s'allonger.

– Moses ? crie-t-il. Pourquoi tu appelles le Moses ?

– Au secours ! répète son agresseur.

– Tu vas te calmer et m'expliquer, déclare Samuel avec détermination.

Il traîne l'homme terrorisé et le jette contre le grillage. Celui-ci rebondit contre le filet métallique et glisse lentement sur le sol.

25

Niveau d'activité paranormale : 0

– Il faut partir maintenant, lance Joanna qui a rejoint Samuel, le pistolet à la main.

– Certainement pas ! rétorque celui-ci, en maintenant l'homme contre le grillage. Qui est le Moses ? De quoi te protège-t-il ?

– Ce n'est pas moi ! Laisse-moi en paix !

Samuel comprend qu'il doit reprendre ses esprits. Nom. Prénom. Les premières questions que Tug aurait posées.

– Jovanis, répond d'une voix automatique l'homme ramassé sur lui-même.

– Tu es le compagnon d'Hatari ? Celui qui s'est enfui du Rwanda avec lui ?

Jovanis se redresse et hoche la tête.

– Que fais-tu ici ? Comment connais-tu Lartige ? Comment connais-tu ce Moses ?

– Il me protège… d'Hatari !

L'homme a empoigné un petit sac accroché autour de son cou et le serre.

– Je ne voulais pas sa mort ! Le Moses lui a dit que je ne voulais pas sa mort ! Aidez-moi !

– Je ne peux pas t'aider, marmonne Samuel, les dents serrées.

D'un geste brutal, il arrache le pistolet des mains de Joanna et le braque sur la tempe de l'homme.

– Dis-moi ce que tu sais. Maintenant.

– Je devais vous ramener au Moses ! sanglote Jovanis.

– Comment le Moses connaît-il notre existence ?

– C'est l'autre marabout qui lui a dit. Henri. Il est venu lui raconter que l'homme-porte et le passeur étaient réunis. Je n'en sais pas plus. Je devais juste vous ramener...

– Henri ? Où est-il ? hurle Samuel, soudain affolé.

– Il est enfermé chez le Moses !

– Tu vas nous conduire là-bas !

Un autre coup de feu retentit derrière eux. Samuel agrippe l'homme par le col et l'oblige à se lever. Il l'entraîne jusqu'à la grille principale restée ouverte.

Une fois dans la rue, Jovanis tente de s'échapper. Mais Samuel le tient fermement et le menace de l'arme. Un bruit de moteur le pousse à presser le pas. C'est un énorme véhicule tout-terrain qui ralentit et s'arrête à leur hauteur. Samuel enfonce le pistolet dans le ventre de Jovanis qu'il tient serré contre lui.

La portière avant s'ouvre, brutalement, côté passager. Le visage soulagé de Darius apparaît.

– Vous aviez réservé une voiture ? questionne-t-il.

– Ce n'est pas le moment ! s'exclame Joanna.

Elle ouvre la portière arrière et Samuel pousse Jovanis à l'intérieur de la voiture et monte à sa suite, sans baisser son arme. Joanna s'est jetée derrière eux.

– Et maintenant, monsieur Doorman ? interroge le chauffeur.

Le jeune homme se tourne vers Samuel.

– Maintenant, on file chez le Moses, grogne Samuel.

Jovanis bredouille une adresse dans le dix-neuvième arrondissement. La voiture démarre dans un grondement puissant.

– Je suis impressionnée, souffle Joanna à Samuel.

Samuel, étonné, regarde la jeune fille, puis suit ses yeux jusqu'au pistolet qu'il continue de pointer vers Jovanis. Il réalise soudain son geste. La violence de la scène lui revient, comme dans un rêve, au fur et à mesure que l'adrénaline redescend. Un début de nausée lui monte à la gorge.

– Tu me remplaces ? demande-t-il à Darius, tourné vers eux.

– Pas de souci, affirme Darius, avec un sourire détaché.

– On peut s'arrêter un instant ? reprend Samuel, une fois débarrassé de l'arme.

Le chauffeur ralentit, se gare avec souplesse sur le bas-côté de la route. Samuel ouvre la portière.

Puis il bondit à l'extérieur et vomit.

– Je suis doublement impressionnée, raille Joanna du fond de la voiture alors que Samuel réintègre sa place, un goût de bile dans la bouche et l'estomac en vrac.

– Joanna ? bredouille-t-il. Tu ne sais décidément pas la fermer.

Les yeux de la jeune fille pétillent d'une joie cruelle.

– Ça m'arrive pourtant, dans certaines circonstances, si on s'y prend bien, murmure-t-elle.

– Qu'est-ce que vous racontez ? intervient Darius qui menace toujours Jovanis d'un air concentré. Samuel, ça va ?

Samuel ne répond pas, ouvre la fenêtre et, tandis que la voiture redémarre, se penche pour humer l'air frais.

26

Niveau d'activité paranormale : 15

– Hatari est là, chuchote Darius.

Ils n'ont pas allumé la lumière de l'escalier. Ils suivent Jovanis, que Darius, arme au poing, tient toujours en respect avec une aisance déconcertante.

– J'ai appris le tir, a-t-il expliqué dans la voiture. Joli Colt 45. Un de ceux qui laissent des douilles de calibre 45 ACP derrière eux... Comme celle retrouvée près du corps de ton beau-père.

Samuel est sur ses gardes. Jovanis paraît trop docile. Si cet homme a été enfant-soldat au Rwanda, il n'aura aucun mal à les désarmer. Pourtant, il semble terrorisé par l'adolescent qui le force à monter devant lui.

Darius intime d'ailleurs le respect et Samuel a honte d'avoir vomi de peur en réalisant qu'il avait pointé une arme sur quelqu'un.

« Devant Joanna, en plus. »

Ils arrivent au dernier étage.

– Vous avez un plan ? s'inquiète Joanna.

– Non, marmonne Samuel.

L'idée qu'Henri était en danger a anéanti toutes ses capacités de réflexion. Et sa prudence. Jovanis, sous l'impulsion de Darius, a déjà frappé à la porte. Elle s'ouvre sur un visage fermé. Un colosse noir, la main posée sur le chambranle, les dévisage.

– Des gens pour le Moses, lance Jovanis.

L'homme le reconnaît et les laisse passer. Samuel a un mouvement de recul.

– Si on avait vu cette scène au cinéma, on aurait trouvé les personnages inconscients... murmure Samuel.

– C'est ce qui s'appelle se jeter dans la gueule du loup, oui, acquiesce Darius à voix basse.

L'entrée s'ouvre sur un grand salon, éclairé par des bougies dispersées sur des meubles couverts de draps bleus et noirs. Deux hommes se pressent autour d'une table, dans un coin, disposant des objets disparates : un bol, une fiole contenant un liquide rouge sombre, un couteau, une boîte.

– Tu sens ce qu'il se passe ? lance Darius du bout des lèvres.

– Non, crache Samuel.

– Hatari est là. Mais pas complètement. Il est comme... bloqué.

Samuel perçoit seulement la peur qui commence à ramper dans son ventre, tel un serpent gluant.

Jovanis les conduit en trébuchant jusqu'au fond de la pièce. Le colosse qui leur a ouvert les précède et se poste à côté d'un homme, assis en tailleur sur un fauteuil informe. Parfaitement tranquille, le Moses les regarde avancer vers lui, un sourire aux lèvres. Il est trapu, corpulent dans sa djellaba bleue, les cheveux coupés très courts. Il se dégage de lui une impression de force nonchalante et de cruauté. Il pose sur les deux garçons un regard inflexible, sans chaleur.

– C'est bien, Jovanis. Tu me les as amenés. Hatari sera content.

Samuel voit, comme dans un rêve, Darius dévoiler son arme.

– Je crois que nous avons un échange à faire, dit Darius calmement.

Samuel ouvre la bouche, à côté d'un Darius maître de lui et qui bluffe sans ciller. Son aplomb ressemble à de la témérité et Samuel réalise leur erreur, lorsque le Moses claque des doigts. Un automatique, parfaite copie de celui de Darius, apparaît dans la main du garde du corps.

– Nous voulons Henri, précise Darius, sans se démonter. Cet homme prétend que vous le détenez prisonnier.

Le Moses claque de nouveau des doigts. Le coup part, précis. Jovanis pousse un cri et tombe sur le sol. Une flaque de sang grandit aussitôt autour de son cou.

– Vous n'avez plus de monnaie d'échange, constate le Moses.

Sa bouche rit mais le reste de son visage est impassible. Darius a un hoquet en regardant le corps de Jovanis tressaillir et s'immobiliser à ses pieds.

– C'est triste, ajoute le Moses, d'un ton neutre. Un homme qui n'est plus capable de tenir une arme devant deux enfants. Et qui jacasse comme une femme.

– Vous l'avez tué ! bégaie Darius.

– Que croyais-tu, petit ? Que tu allais m'impressionner ?

Darius ne répond pas. Samuel fait instinctivement un pas vers lui. Le garde du corps du Moses s'avance vers eux et prend délicatement l'arme des mains de Darius.

– Nous pouvons maintenant négocier, continue le Moses. Vous avez quelque chose qui m'intéresse. Le pendentif. Donnez-le-moi.

– Nous ne l'avons pas sur nous, répond Samuel. Nous ne savons pas où il est. Fouillez-nous si vous ne nous croyez pas.

Darius le dévisage intensément. Samuel comprend trop tard son erreur. Avant de partir avec Joanna, il a confié le pendentif à Darius.

Le colosse s'approche et commence à tâter les poches de son ami. Il en sort le portable et le portefeuille de Darius, qu'il empoche prestement.

– Voilà une bonne pêche, s'exclame le Moses, en voyant apparaître le bijou dans les mains de son sbire. Les passeurs et le pendentif d'un seul coup.

– Vous allez nous tuer ? interroge Darius.

– Je ne pense pas.

– Vous l'avez bien tué, lui... rétorque Samuel, sans oser regarder le cadavre de l'homme.

– Je ne suis pas idiot ! s'exclame le Moses. Cet homme n'était personne. Il n'avait pas de papiers, pas d'existence.

– La police nous recherchera, aboie Samuel.

– Sans aucun doute. Mais d'ici là, j'aurai retrouvé ce que je cherche. Assez parlé. Emmène-les, reprend le Moses en adressant un signe bref à son garde du corps.

La brute ne se fait pas prier. Il entraîne Darius et Samuel dans un couloir, ouvre une porte et les pousse devant lui, avant de la refermer. Le bruit d'une clé qui tourne dans la serrure ne laisse aucun doute sur leurs chances d'évasion.

27

Niveau d'activité paranormale : 5

Allongé par terre, ramassé sur lui-même, Henri a la tête entre les mains. Quand il la relève, Samuel aperçoit son œil tuméfié et son front ouvert sur une plaie bordée de sang coagulé. Sa tunique est maculée de taches sèches, d'un rouge presque noir.

– Je suis désolé, Sam, bredouille le vieil homme.

– Moi aussi. Tu te sens comment ?

– Comme un homme qui a été tabassé.

Samuel vient s'asseoir à côté de lui. Darius l'imite, avec un soupir rauque.

– Je suis tombé dans la gueule du loup, ajoute Henri, en se passant la main sur le visage.

– Il avait une très grande gueule, ce loup, commente Darius, d'un air tellement dépité que Samuel sent le fou rire monter en lui.

Darius le contemple sans comprendre, puis rit à son tour, nerveusement.

– Que s'est-il passé ? questionne Samuel.

– Je suis allé voir le Moses, comme je te l'avais dit. Mais c'était un piège. Je suis sincèrement désolé, Sam... Le Moses est un homme respecté. Intelligent. Il a tout de suite compris que tu avais trouvé l'homme-porte. Il savait qui tu étais, quelqu'un avec un pouvoir particulier. Il doit t'observer depuis longtemps. Je ne savais pas... Et pour tout te dire, je... je n'y croyais pas. Pas au fond de moi. J'ai manqué de jugement.

– Pourquoi veut-il ce pendentif ? À quoi il sert ?

– Je l'ignore Sam, je sais seulement qu'il veut récupérer des armes.

– Je sais, pour les armes, confirme Samuel. Je les ai vues dans l'entrepôt de Lartige. C'est un trafiquant. Sa société de textile lui sert de couverture.

– Pourquoi a-t-il besoin de Samuel et moi ? interroge Darius.

– Vous représentez un grand pouvoir pour lui, soupire Henri. En rapport avec le pendentif. Il a accompli une sorte de rituel devant moi. Avez-vous remarqué ce qu'il a autour du cou ?

– Non.

– Une tige, annonce Henri. Du même métal que le pendentif.

– On peut imaginer que les deux objets sont complémentaires, suggère Darius, les sourcils froncés. Mais à quoi servent-ils ?

– Seul Hatari possède la réponse, intervient Samuel.

– Est-ce que le Moses peut obliger Hatari à se matérialiser ? questionne Darius.

– Non, il n'a pas ce pouvoir, affirme Henri. Vous seuls le pouvez. Le Moses sait bloquer l'âme des morts, pas les invoquer. C'est un protecteur.

Darius lève un sourcil ironique.

– En effet, commente-t-il. Cela dit, nous avons déjà deux réponses. Hatari est bien bloqué. Et le Moses compte sur nous pour lui extorquer des informations.

– Alors, si nous sommes réunis, pourquoi Hatari ne vient-il pas ? s'interroge Samuel. Tu disais qu'il était là, Darius.

Darius hausse les épaules. Henri se renfrogne.

– Le Moses a désormais deux objets qui lui ont appartenu. Les deux seuls objets qui restent de sa vie sur terre. Il a pratiquement tout pouvoir sur lui. Il pourrait même renvoyer son âme vers l'au-delà.

– Et pourrait-il le faire passer de notre côté ?

– C'est plus compliqué. Toutes les âmes aspirent au repos... mais Hatari ne laissera pas son frère, quoi qu'il arrive. Jean-Bosco est-il en sécurité ? s'inquiète Henri.

– Nous l'avons mis à l'abri, dans un hôtel.

– Bien. Ce jeune homme a déjà assez souffert. Darius ? Est-ce un endroit vraiment sûr ?

– Je... commence Darius.

La porte s'ouvre brutalement, l'empêchant d'achever sa phrase. Le garde du corps entre, se dirige à grands pas vers Samuel et le soulève par le bras. Henri hurle. Darius bondit. Samuel tente de s'arracher de la poigne de l'homme. Il voit le poing du garde du corps se lever puis s'abattre sur sa tête.

Tout devient confus et noir.

28

Niveau d'activité paranormale : 37

Samuel ne se trouve plus dans l'appartement du Moses. Il a pénétré l'esprit d'Hatari.

– Ne lutte pas, dit la voix de l'enfant-soldat. Laisse-toi aller. Regarde.

Samuel sent la présence bienveillante d'Hatari qui enveloppe doucement sa conscience, en prend le contrôle et s'y installe, pour ouvrir une fenêtre sur ses souvenirs.

– Tu es moi, poursuit le fantôme. Tu vois avec mes yeux, tu ressens avec mon cœur.

Samuel obéit et suit la voix. Il ouvre des paupières lourdes sur un paysage décharné, de nuit et de chaleur, et baisse le regard vers des paumes d'un brun clair, calleuses, puis sur des bottes usées et un pantalon kaki.

Quelqu'un crie son nom :

– Hatari !

En regardant autour de lui le village, il revoit le baraquement, quatre murs de planches et de tôle ondulée, qui lui a servi de foyer durant ses trois années d'entraînement. Enfant-soldat. Il se souvient du jour où il a été arraché à son propre village qui partait en flammes autour de lui, aux corps mutilés, encore tièdes, de son père, de son frère et de sa sœur, à quelques pas de lui. Le chef hutu a estimé d'un coup d'œil sa force et ses compétences guerrières et c'était terminé : il faisait partie des soldats hutus.

La haine ne l'a jamais quitté, depuis ce jour. La haine de ceux qui l'avaient enrôlé, devenue la haine de ceux qu'ils devaient combattre, les Tutsis qui avaient envahi leur pays. Au fil du temps, il avait oublié qu'il en était un. Il avait fini par voir son ancien clan comme l'ennemi.

L'ennemi. Il sait qu'il faut l'exterminer, avant que les pays riches ne l'arment, ne le nourrissent. Il a cru à la cause.

Mais depuis quelque temps, une brèche s'est ouverte dans son cœur. Les chants ne le portent plus, le plaisir de la chasse, de l'entraînement ne lui donne plus le sentiment qu'il combat pour son bien. Lors du dernier raid, il a vomi derrière un véhicule tout-terrain, longuement, après avoir tiré sur un vieillard qui suppliait, un enfant dans ses bras.

Heureusement, personne ne l'a vu. Personne ne l'a entendu gémir. Il est reparti au combat, fermant les yeux à chaque salve de mitraillette.

Il voit les gens courir, femmes en chemise, hommes torses nus, soldats aux visages grimaçants. Il serre son arme contre lui pour se protéger de l'horreur. Il regarde les mains vides d'un homme qui tente de repousser celui qui l'assaille, machette à la main.

Des cris.

Il cherche d'où ils proviennent. De la hutte sale, sans porte, où brille une lueur blafarde ? De derrière cette voiture couverte de boue ?

Des coups de feu retentissent puis de nouveau des hurlements d'horreur qui s'éteignent aussitôt. Il se dit qu'il n'y a rien de pire que les supplications de ceux qu'il massacre, et rien de pire que le silence juste après.

Un homme, habillé comme lui, les yeux fous, traîne une toute jeune fille par le bras. Elle hurle et se débat. Ses jambes heurtent les cailloux et saignent. Il pense aux plaies qu'elle gardera, à la poussière, à l'infection, aux mouches.

L'homme la jette par terre et se penche sur elle, lui maintient les bras.

– Hatari ! appelle quelqu'un derrière lui.

Il détourne les yeux de la jeune fille et n'entend pas ses cris. Celui qui l'a appelé porte une casquette trop grande et serre contre lui une mitraillette chargée. Il lui montre du doigt une caisse vide, derrière laquelle des ombres frémissent. Hatari hoche la tête, prêt à bondir sur l'ennemi. Il donne un coup de pied dans la caisse et brandit son arme.

Soudain, il s'arrête.

Ce n'est pas l'ennemi terrifiant devant lui, mais deux enfants, blottis l'un contre l'autre, un garçon maigre et une fillette aux joues crasseuses où coulent des larmes, des petits ruisseaux presque propres. Ils poussent un gémissement de chiots en le voyant.

– Les enfants aussi, répète pour la dixième fois la voix d'Enock, son capitaine.

Ils l'ont dit au camp. Les enfants aussi. Parce qu'ils grandissent, se vengent, ont des enfants qui s'opposeront encore et toujours à la rébellion. Ces deux-là n'auraient jamais dû naître. Il faut finir le travail.

Une femme crie à sa droite. Il se tourne. Elle court vers eux. C'est la mère. La fillette hurle à son tour et lui tend les bras. Hatari ne bouge pas. Des mètres et des mètres les séparent et le temps s'allonge, la course défile au ralenti. Soudain, la femme s'immobilise, le dévisage avec stupeur et s'écroule. Le visage fermé, Enock essuie sa machette sur un morceau de la robe de sa victime, sans se soucier des soubresauts de son corps affalé sur le sol.

– Dépêche-toi ! crie-t-il à Hatari.

Hatari regarde Enock. Le dégoût l'assaille devant ce visage cruel, éclairé d'une jubilation sadique.

– Pas ici ! dit-il.

Son chef sourit, puis le contemple, satisfait. Il ne voit pas le villageois qui surgit derrière lui. Ses yeux expriment la plus grande surprise lorsque la bêche lui traverse le corps et qu'il tombe en avant, le bois et le métal enfoncés dans la chair.

Hatari considère Enock, tandis qu'il se tord sur le sol. L'écœurement disparaît derrière la joie violente que lui procure son agonie.

Mais il ne s'attarde pas. Il attrape les deux enfants aussi légers que des plumes et les entraîne derrière la hutte. Une fois là, il les serre contre lui, leur fait signe de se taire. Il se relève.

Et il court, les enfants sur sa poitrine.

Pendant sa course, il se répète deux noms, en litanie : « Chemsa, Evas. » Ce ne sont plus deux enfants inconnus, découverts dans un village, deux enfants dont il ne sait rien, ce sont son frère et sa sœur, lovés comme des oisillons contre lui, et qui n'osent même plus pleurer.

Il sursaute en entendant une voix l'appeler, derrière lui. Ils l'ont retrouvé.

– Attends-moi !

La silhouette décharnée de Jovanis s'approche. Jovanis, le compagnon d'armes, depuis le premier camp. Jovanis qui sait qu'il sera bientôt exécuté parce qu'il n'est plus capable de tenir une arme et que la fuite est sa dernière chance.

– Ne m'abandonne pas ici ! supplie Jovanis.

Hatari acquiesce, lui tend la petite fille qui gémit de peur.

Puis il court, il sait qu'il risque de mourir, qu'il a trahi. Il connaît le sort réservé aux traîtres, aux enfants-soldats qui ont déserté. Des corps sans pieds, sans mains, abandonnés au soleil. L'infection, les mouches, la lente agonie.

Il court, il ne s'arrêtera jamais de courir. Il en a fini avec l'endoctrinement, les raids, les morts, les viols, l'idée que ses actes garantissent sa survie. Il préfère mourir avec eux.

Le village est loin derrière lui quand il entend le moteur des voitures qui partent dans une autre direction. Il dépose les enfants à terre et cherche son souffle. Il a eu l'énergie du désespoir. Le désespoir, il le connaît bien. Il le lit dans leurs yeux.

Il pose son doigt sur sa bouche et leur dit :

– Hatari !

« Le danger. » C'est ainsi qu'on l'appelle.

Les enfants comprennent et se taisent. En cherchant dans les yeux bruns et vides de la fillette, blottie contre Jovanis, le regard rieur de sa petite sœur, il sait qu'il va devoir marcher longtemps pour retrouver les siens, s'ils ont survécu. Sa mère, peut-être, et le dernier frère qu'il lui reste, un bébé sérieux et triste.

29

Niveau d'activité paranormale : 37

Samuel tressaille. Il lui semble sentir chaque muscle de son corps. Mais il ne parvient pas à se réveiller. Le rêve d'Hatari l'entraîne encore plus loin.

Il quitte sa propre enveloppe, sans l'ombre d'un regret, tant sa tête le fait souffrir. Il est Hatari, il le sent dans la moindre cellule de son corps, la moindre parcelle de son esprit.

Hatari entre dans un baraquement sale, enjambe des corps endormis. Il a marché longtemps, après avoir déposé les enfants dans un camp de survivants. Il n'a pas réussi à leur dire au revoir. Sa vie est jonchée d'adieux silencieux.

De camp en camp, il a cherché sa mère. Il allait se décourager, quand un infirmier lui a signalé qu'il l'avait connue.

Et il est là, sans y croire, il la scrute, un enfant de trois ans contre elle, dans l'abandon du sommeil, tous les deux.

Il voudrait la prendre contre lui, lui murmurer qu'il l'aime, qu'il a survécu pour elle. Mais son cœur est enfermé dans une caisse en métal. Son cœur est dur, déterminé. Il n'est pas là pour dire à sa mère qu'il l'aime. Il est là pour la sortir de l'enfer. Il pose sa main sur le visage endormi quand...

Samuel se relève, comme un zombie. Il entend une voix qui l'appelle. Le Moses.

Le Moses entre dans sa tête, fouille dans les souvenirs d'Hatari. Samuel tente de lutter, de se réveiller. Il plonge, encore et encore. Il plonge dans le passé, dans l'esprit d'Hatari, avant sa fuite, avant les retrouvailles.

Sur la terre meuble.

– Hatari !

Le cri est plein de force et de rage.

Samuel revient brièvement à lui.

Hatari lutte, repousse le Moses. Samuel sent son combat pour empêcher le Moses d'accéder à ses souvenirs. Peu à peu, l'énergie s'écoule, par filets rapides. La volonté d'Hatari disparaît pour faire place à son passé.

Samuel retombe sur la terre meuble. Il est de nouveau Hatari, silencieux et volontaire. Près de lui, des pelles ont été jetées. Le vrombissement d'une jeep lui parvient.

– C'est fait ? demande Enock.

Hatari hoche la tête.

– Tu n'as rien vu. Si tu parles, je te tuerai, ajoute son capitaine. Notre chef veut garder cette arme ici, pour l'instant. Finissez votre travail. Je reviens vous chercher dans une heure.

Jovanis remplit déjà la fosse derrière lui. Son front couvert de sueur est incliné sur sa tâche.

– Enock est idiot, dit-il soudain. Sans carte, personne ne réussira à retrouver l'endroit. Même pas nous.

Hatari sent un sourire se dessiner sur son visage. Il sort un papier de sa poche et le déplie. C'est une carte du Rwanda. En bas, à gauche, le logo de la société qui l'a créée et les emploie étale les rayons d'un soleil éclatant, d'un jaune vif.

– Tu es fou ! s'écrie Jovanis. Si on met une marque sur une carte, on va se faire exécuter !

– Sauf si nous sommes les seuls à reconnaître cette marque. J'ai vu où Enock a mis une croix. On détruira la carte, ne t'inquiète pas. Tu sais ce qu'on a caché, Jovanis ?

– Des armes ?

– Non. Notre liberté. Le missile Milan vaut beaucoup d'argent.

– Vraiment ? Qui voudrait d'un seul missile ?

– Il y a le lanceur avec, imbécile… Enock, toi et moi savons où il est. Attends… tourne-toi.

Jovanis hésite puis s'exécute. Hatari sort l'anneau de métal de sa poche, y visse la tige et la plante dans la carte. Puis il ajuste l'anneau, jusqu'à ce qu'un faisceau de lumière tombe sur l'endroit où les armes sont cachées. Il sait se servir de l'instrument que son père a construit et lui a donné, des années auparavant, et qui permet de tracer le chemin sur une carte, à partir des rayons du soleil, sans avoir à utiliser un crayon. Pratique et discret.

Hatari sort son couteau et, avec le manche, donne un coup sec sur l'anneau, pour le bloquer.

– On saura exactement où le missile est enterré, annonce Hatari.

– Grâce à quoi ?

– Grâce à cette clé ! s'exclame Hatari en montrant l'objet. Fais-moi confiance. Je ne t'ai jamais trahi. Je t'ai même aidé, plusieurs fois.

– Tu dis que le missile vaut beaucoup d'argent ? répète Jovanis en acquiesçant.

– Beaucoup, confirme Hatari.

Le visage de Jovanis s'illumine de joie. Hatari est écœuré par son rire gras, satisfait, avide.

Lui, il ne pense pas à l'argent. Il pense aux centaines de frères qu'un seul missile pourrait tuer. Il pense aux villes qu'il anéantirait. Le germe de la fuite, du refus, est déjà en lui. Il retire la tige de l'anneau et la donne à Jovanis.

– Il faut réunir les deux parties pour que l'objet marche. Garde celle-ci, annonce-t-il. Ainsi, aucun de nous ne pourra duper l'autre.

Un pacte. Jovanis sourit.

Samuel refait surface, un court instant, de nouveau. Il ne sent plus l'esprit d'Hatari autour de lui. Il a peur que le Moses ait renvoyé le fantôme dans l'au-delà.

Mais les souvenirs se remettent à déferler, effrénés.

Hatari n'est plus sur la terre ferme. Le passeur lui a affirmé qu'ils arriveraient bientôt en France. À côté de lui, serrés les uns contre les autres dans le bateau vétuste, des hommes et des femmes attendent, anxieux. Sa mère berce son frère, Jean-Bosco, contre elle. L'enfant a le mal de mer. Hatari les regarde, longtemps, attentivement. Il ne peut pas croire qu'il a réussi à les faire embarquer. La peur ne le quitte plus. Peur de les perdre encore, peur de les voir mourir, peur de ne pas être assez fort. Il se rassure comme il peut. Il est capable de tout faire, sauf les travaux de précision, parce que ses mains ne cessent de trembler depuis qu'il a emporté les enfants loin du massacre. En France, il travaillera pour eux. C'est une terre d'asile. Les voisins de sa mère le lui ont dit, dans le camp de réfugiés qui les a accueillis. Là-bas, ils n'auront plus peur.

Derrière l'odeur du bois pourri, de la sueur rance, de la saleté, il sent le parfum salé de la mer et de la délivrance. Il a besoin de respirer. Il monte vers le ciel bardé d'étoiles, et cette mer qu'il craint.

Mactar, le passeur, est assis sur un sac et fume. Son acolyte manœuvre le bateau, seul dans la nuit troublée par les vibrations des moteurs et le clapotis de l'eau.

Mactar a cet air de chien enragé de ceux qui exploitent les autres.

Hatari a humé, chez lui, l'odeur de la lâcheté. Il n'aime pas le regard que l'homme porte sur lui, par en dessous, mauvais et fixe.

– Ton trésor, souffle Mactar. Je le veux, maintenant.

– Quand on sera en sécurité. Je te l'ai promis, répond Hatari.

– Je crois que tu ne comprends pas bien.

Mactar jette son mégot, qu'il écrase aussitôt d'un pied frénétique. Hatari le considère calmement, tandis qu'il vient jusqu'à lui. Mais ses mains tremblent. Il n'arrive pas à fermer les poings. Il n'a pourtant aucun doute sur les intentions du passeur, dont il voit le bras prolongé d'une lourde barre de fer.

– Ton ami Jovanis m'a tout raconté, pour l'anneau. Donne-le-moi maintenant, et tu auras la vie sauve.

Hatari sourit avec mépris. Il a passé l'anneau dans une cordelette et l'a mis autour du cou de Jean-Bosco, sous ses vêtements. Il se méfie de Jovanis depuis que celui-ci a demandé pourquoi ils s'embarrassaient d'une femme et d'un enfant en bas âge.

– Je ne te le donnerai pas, gronde Hatari.

– C'est dommage, lance le passeur en dévoilant ses dents cassées. Si petit, un enfant ne sait pas nager. Et ta mère n'a pas dû apprendre non plus.

Hatari sent une rage bouillonnante lui parcourir les épaules. Il bondit sur Mactar, cherche son cou. Ses réflexes de soldat reviennent. Agrippés l'un à l'autre, ils glissent le long du pont.

Soudain, une barre heurte les reins d'Hatari. Le bastingage du bateau... Dessous, l'eau remuante et noire.

Mactar appuie de tout son poids pour le faire chavirer. Hatari s'accroche à l'homme. Ils tombent. L'homme se détache de lui sitôt qu'ils ont crevé la surface de la mer. Hatari sent le froid d'abord, puis le remous du bateau qui s'éloigne.

Le courant l'entraîne un peu plus loin. Il veut hurler mais l'eau entre dans sa bouche, lavant son palais d'un goût de liberté et de bile. Un coup de pied l'aide à remonter. Puis, de nouveau, l'eau le happe. Il bat des bras, en vain. Il ne sait pas nager.

Une voix lui souffle que tout est fini. Il a tué, il a menti, il s'est sauvé pour mourir dans le remous noir d'une mer inconnue.

Quand l'eau pénètre ses poumons et qu'il ne voit plus la surface balayée par la lumière du bateau, les yeux brûlés par le sel, il pense aux siens, une dernière fois.

Non, il ne peut pas mourir, son esprit n'est pas en paix, il a juré de les conduire dans un pays où ils seraient à l'abri.

L'obscurité l'enveloppe, d'un seul coup.

Il fera froid désormais. Toujours froid.

30

Niveau d'activité paranormale : 37

Samuel ouvre les yeux dans la pénombre. La lueur d'une bougie posée sur le sol l'aveugle quelques secondes puis il voit la silhouette de Darius, allongé à côté de lui.

– Maintenant, dis-moi comment l'objet fonctionne et où est le missile, ordonne le Moses.

Ces mots sortent Darius de sa torpeur. Il tourne la tête vers Samuel, les paupières closes.

– Ne parle pas, halète-t-il d'une voix éraillée. Il est là. Hatari.

D'un geste malhabile, Darius projette son bras vers son ami, comme s'il voulait l'attraper. Son corps semble ankylosé et douloureux.

Samuel tend la main vers Darius, touche son avant-bras. Le choc est brutal. Une onde électrique le parcourt et il se laisse glisser, de nouveau.

Il se redresse, brutalement. Il voit au travers des yeux d'Hatari, après sa mort. Il est de nouveau le jeune homme, mais sous sa forme de fantôme, impalpable.

Devenu un esprit perdu entre les mondes, Hatari progresse, par flashs, dans des couloirs aux parois vaporeuses. Il perçoit des ondes d'une énergie qu'il ne comprend pas et qui s'accroche à des lambeaux de vie.

Il erre dans Paris, une ville qu'il ne connaît pas. Les vivants passent comme des ombres à qui il voudrait parler mais qui ne le voient pas. Ceux qui ont partagé son existence, lorsqu'il était vivant, sont reliés à lui par des fils lumineux, dans cette errance d'après la mort.

Il suit, dans un flou murmurant, l'existence de Jean-Bosco qui grandit. Grâce à l'anneau qui est un lien entre eux, il entend sa souffrance, sa peur, goûte ses moments de plaisir et de joie.

Il entraperçoit l'existence de Jovanis, qui porte toujours la tige de métal. Jovanis est empli de terreur. Il travaille comme il peut, mal, en fréquentant les mauvaises personnes, celles qui l'exploitent, le malmènent. Il survit.

Un jour, Jovanis rencontre le Moses. Le marabout perçoit l'importance de la tige, sent son pouvoir. Et Jovanis parle. Le Moses hoche la tête, au fur et à mesure du récit. Son sourire en dit long, il a retenu qu'un missile Milan était caché quelque part et qu'il n'est jamais parvenu à son destinataire.

Un missile Milan et son lanceur. Beaucoup d'argent. Volé à l'armée française.

Le Moses explique à Jovanis que la tige est dangereuse. Elle porte un morceau de l'âme d'Hatari en elle. Une âme terrible, rongée d'envie de vengeance et Jovanis a trahi Hatari. Deux fois. Mais en échange de la tige, le Moses lui donnera une protection.

Hatari perd le fil. Jovanis disparaît de son champ de perception.

Jean-Bosco également. L'anneau est passé à quelqu'un d'autre. Un homme qu'il perçoit bon, juste et porté par une colère perpétuelle et contenue.

Cet homme est appelé Rukundo par ceux qu'il aide, des Africains pour la plupart. Hatari retrouve sa famille, quand Rukundo leur rend visite. Une aura de paix l'enveloppe.

Parfois, l'anneau, dans sa gaine de tissu, reste avec le porte-clés dans un meuble. Parfois, dans un bureau où des hommes en uniforme le frôlent sans prendre conscience qu'il les observe. Parfois, dans un appartement où un garçon rêve de lui. Hatari entre dans cet esprit, découvre un passage.

Le garçon l'entend quand il dort. Il lui crie son prénom.

– *Hatari !*

Il voit un homme blanc apparaître près de son frère. Rukundo est là, également.

L'homme s'appelle Lartige. Il a rencontré Jovanis qui lui a raconté l'histoire, au bas de l'immeuble de Jean-Bosco, alors qu'il cherchait lui aussi la famille d'Hatari. Il a entendu parler d'un enfant-soldat qui aurait enterré un missile, sous les ordres de son chef. Les rebelles ont tenté de l'arnaquer, il le sait. L'arme qu'il avait envoyée du Congo au Rwanda n'a jamais été payée. Il a tout perdu dans cette affaire : l'argent, le missile... Le chef hutu a été tué lors d'un raid. L'enfant-soldat a disparu mais son nom, Hatari, a résonné longtemps dans les mémoires. Il retrouve la trace de sa famille, grâce à la communauté rwandaise reconstituée à Paris.

Hatari jubile. Personne n'a trouvé sa cachette, personne ne connaît son secret. Le missile ne tombera pas sur son pays, sur des femmes, des enfants, des hommes.

Et puis, impuissant, il regarde Rukundo s'effondrer. Il sent la vie le quitter. Il veut lui tendre la main. Il y a deux hommes blancs devant Rukundo, qui se disputent.

L'un d'eux parle de choix et d'amitié. Hatari l'a souvent vu avec Rukundo. Il reste longtemps à côté du corps de l'homme. Et quelqu'un prend le porte-clés. Hatari est bien obligé de le suivre.

Il entend des cris, des pleurs. Il voit le garçon, Samuel, et tente de lui parler. Mais chaque fois qu'il pousse sa volonté vers lui, d'autres âmes égarées en profitent pour passer.

Soudain, tout s'éclaire. Ils sont deux. Hatari sent leur pouvoir combiné. Désormais, il peut les voir, les sentir et même les toucher. Il met toute sa force dans la parole, parce que les hommes aiment entendre et comprendre.

Mais le Moses, ce marabout terrifiant, le retient. La tige en sa possession, il bloque ses mots et certains de ses gestes.

Hatari réussit tout de même à diriger les garçons vers Jean-Bosco.

Une fois, Mactar franchit la barrière derrière lui. Il veut étrangler Darius, l'homme-porte qui pourrait les aider et leur apporter le repos. Mactar ne veut pas du repos. Il poursuit sa vengeance contre Hatari qui l'a floué et a causé sa mort.

Samuel revient à lui.

Le Moses tient la tige et l'anneau de métal dans sa main. Hatari n'est plus là.

Darius gémit.

Samuel se tourne vers le Moses.

– Arrêtez ! hurle-t-il.

Ses paroles sont vaines, il le sait. Il est le seul à voir Mactar tendre les mains vers le cou de Darius.

– Tu peux tout arrêter, crache le Moses, d'une voix terrible. Dis-moi à quoi servent ces objets !

– Ils donnent la position des armes, souffle Samuel. Il faut les planter dans le sol. Le soleil de midi donne la latitude et la longitude.

Le Moses le contemple et baisse les bras.

Le silence tombe, à peine troublé par les râles de Darius. Il étouffe.

Samuel rugit et s'élance vers le Moses. Le garde du corps l'immobilise puis relâche soudain son étreinte. Le bruit d'une porte qu'on enfonce, le hurlement d'hommes dans l'entrée, fige tout le monde.

– Police !

La voix d'Ugo se répercute dans le couloir, puis dans la pièce. Samuel en profite pour se dégager et courir vers le Moses pour lui arracher l'anneau et la tige des mains. Le marabout ne se débat pas. Samuel se retourne et découvre Ugo, son pistolet dans une main, sa carte de police dans l'autre, qui les menace.

Samuel se jette alors sur Darius. Son ami respire avec difficulté. Il ouvre les paupières et lance, dans un geignement :

– J'ai mal partout.

Samuel éclate de rire.

– La cavalerie est là, murmure-t-il. Pas besoin de courir. C'est terminé.

– Pas tout à fait, souffle Darius.

Le courant d'air froid, d'une violence rare, annonce la libération d'Hatari. Samuel, tétanisé, assiste à sa danse macabre. Le fantôme glisse entre les hommes, avec une souplesse animale, et les désarme. Puis il attrape un des automatiques sur le sol, à deux mains. Ses pieds balaient le sol, comme pour une chorégraphie rituelle. Il vise le garde du corps et tire. Enfin, avec une rage grimaçante, il pointe l'arme sur la tempe du Moses. Samuel comprend son geste ; il ne le tue pas, il l'exécute. Samuel détourne les yeux. Un coup de feu déchire le silence, suivi des cris d'Ugo. Samuel rouvre les paupières. Hatari se tient devant Ugo, le canon de son pistolet tourné vers lui.

– Non ! hurle Samuel, en se jetant sur l'arme que le garde du corps a lâchée.

– Lâche cette arme, Sam ! supplie Ugo.

– Hatari, non ! répète Samuel, en bondissant entre le fantôme et son ami.

Les yeux d'Hatari jettent des éclairs de folie et de haine. Puis son regard se brouille, son bras tombe, comme s'il était vidé d'énergie. Il disparaît, au moment où son arme percute le sol.

Ne flottent plus, dans la pièce, que l'odeur de la poudre et celle du sang, âcre et entêtante.

31

Niveau d'activité paranormale : 0

Ils sont dehors. Samuel soutient Darius. Joanna se précipite vers eux.

– Vous êtes vivants ! crie-t-elle.

Elle prend le visage de Darius et l'embrasse sur la bouche, en riant et pleurant à la fois. Puis elle pose le même baiser sur celle de Samuel.

– Modère tes transports, grogne Darius, avant de laisser sa tête retomber sur l'épaule de Samuel qui, de stupeur, a failli le lâcher.

– On n'a pas le temps pour les embrassades, les enfants, déclare Ugo.

Il se tient le ventre et un rictus douloureux s'imprime sur son visage. Samuel constate, soulagé, qu'il n'y a pas de sang.

– J'ai cru que Balder t'avait tué, dans le hangar ! s'exclame-t-il.

– Il faudrait plus d'un Balder pour y arriver, lance Ugo avec un sourire. Mais ce n'est pas passé loin.

– Merci de nous avoir aidés, Ugo. On va se débrouiller, maintenant. Je ne voudrais pas qu'il t'arrive quelque chose.

Ugo contemple Samuel et ses yeux se plissent.

– Vous allez vous débrouiller ? Trois gamins complètement inconscients ! Et tu me parles comme si tu devais me protéger ? Tu viens de tuer deux personnes ! Je fais quoi, moi, là, Samuel ?

– Je n'ai tué personne ! enrage Samuel. C'est…

Le regard d'Ugo le fige.

– Tu vas nous arrêter ? questionne Samuel, d'un ton subitement calme.

– Je devrais le faire, Samuel ! Depuis quand est-ce que tu joues au redresseur de torts ? Tu n'es pas là pour venger Tug ! Tu es un gosse ! Accepte-le !

– Alors passe-moi les menottes, gronde Samuel. Parce que je continuerai…

Ugo soupire :

– Tu sais très bien que je ne peux pas. Disparais. Disparaissez tous les trois. Allez vous planquer.

– Qu'est-ce que tu vas faire ?

– Je vais nettoyer derrière vous, lâche Ugo, avec un rictus de dégoût. Qu'est-ce que tu veux que je fasse d'autre ?

– Aide-nous à prouver l'innocence de Tug.

Ugo attrape Samuel par les épaules et le secoue, provoquant un gémissement chez Darius, dont la tête bringuebale.

– Tu vas m'écouter, Sam ! Ce qui était du courage chez Tug est chez toi de l'acharnement. La vie nous force parfois à nous résigner. Tug ne l'a jamais compris et il en est mort. Tu captes ? Alors, tu te caches et tu attends que je règle cette histoire. D'ici là, tu ne bronches pas !

Samuel ne bouge effectivement plus. Des sentiments opposés l'assaillent. Il voudrait écouter Ugo, se dissimuler derrière lui et attendre qu'il le protège mais sa volonté est la plus forte et elle le pousse à résister.

« Seulement, Ugo ne nous lâchera pas. Il est fiable, acharné. Il ressemble à Tug. Ils se sont toujours ressemblés. »

Samuel regarde Ugo dans les yeux :

– D'accord. On arrête tout. On attend que tu nous appelles.

– Tu as intérêt. Filez, maintenant.

Joanna se poste à côté de Darius pour aider Samuel à le soutenir. Ils s'éloignent tous les trois.

– Tu lui as menti, n'est-ce pas ? chuchote Darius.

– Évidemment. Où est Jean-Bosco ?

– Toujours à l'hôtel, je suppose.

– Alors, on y retourne. Si Ugo décide de nous suivre il verra qu'on lui a obéi. Tu pourras marcher ?

– Je n'ai pas le choix. Impossible d'appeler le chauffeur de mon père. Mon portefeuille et mon portable sont restés chez le Moses.

– Oh, merde, lâche Samuel.

« Mais Ugo pensera à les récupérer. Ugo est un super flic, pas du genre à négliger un indice. »

Du moins, il l'espère.

32

Niveau d'activité paranormale : 16

– Hatari ! hurle Darius.

La chambre d'hôtel est vide, Jean-Bosco a disparu mais le froid qui y règne leur signale la présence du fantôme. Ce n'est plus l'esprit en fureur qui a tué le Moses et ses hommes. Il apparaît devant eux, suppliant, anéanti.

– Jean-Bosco ! Hatari !

Darius a retrouvé un peu de force que l'apparition semble lui retirer aussitôt. Près de lui, Samuel tente de communiquer.

– Où est-il ?

Hatari ne comprend pas et reprend sa litanie :

– Hatari ! Jean-Bosco !

– Emmène-nous ! crie Samuel.

Il lui montre la porte. Hatari hoche la tête. S'il reste immobile, un vent froid se déplace jusqu'à la sortie.

– Darius ne peut pas venir avec nous, affirme Joanna en désignant le jeune homme, affalé sur un fauteuil.

– Il le doit, répond Samuel, implacable. Hatari a besoin de l'homme-porte pour s'incarner.

– J'arrive, précise Darius. Laissez-moi une seconde.

Il se relève péniblement.

– Tu détiens les deux objets, dit Joanna à Samuel, le visage fermé. Hatari t'apparaîtra, maintenant, même si tu es seul.

– Je ne sais pas le contrôler ! riposte Samuel. Tu as vu ce qu'il a fait chez le marabout ? Il a voulu s'en prendre à Ugo ! Il est capable de se déchaîner. J'ai besoin de Darius.

– Vous pourrez le maîtriser à vous deux ?

– En tout cas, on a plus de chances que si je suis seul.

– Arrêtez de vous disputer, intervient Darius. J'apprécie ton inquiétude, Joanna, mais Samuel a raison. Je viens.

Joanna cède, à contrecœur. Le courant d'air glacé les mène jusqu'à la rue, puis accélère. Darius boite derrière Joanna et Samuel, le teint livide, toutefois il marche avec détermination.

Samuel sent ses propres forces vaciller. Si le froid lui confirme la présence d'Hatari, il ne perçoit plus vraiment son énergie. Il a vu le monde par ses yeux ; il a senti que le fantôme est un fétu de paille, ballotté par des vents étranges et fluctuants. Il n'a plus la notion de l'espace et du temps. Derrière la brise gelée qui les guide dans la nuit, il est lui-même fantôme.

33

Niveau d'activité paranormale : 17

« Un cimetière. Et justement ce cimetière ! » pense Samuel tandis qu'ils approchent des tombes éclairées par le petit matin.

Samuel le connaît bien. Il l'a arpenté avec Tug pendant des années. Tug aimait se promener parmi les tombes et raconter l'histoire des morts. La dernière fois que Samuel a foulé ces allées tristes, il tenait Emma sanglotant contre lui. La sépulture de Tug est un peu plus loin. Samuel voudrait s'y réfugier.

Le courant d'air glacé les mène à l'opposé, par des enchevêtrements de sable et de terre. Samuel se fige soudain, à quelques mètres d'un terre-plein entouré de bancs. Des silhouettes se détachent dans la lumière rose, bougeant au milieu des arbres.

Samuel se dissimule derrière une tombe, manquant de renverser un pot de fleurs. Joanna et Darius l'imitent.

Henri et Jean-Bosco, debout l'un à côté de l'autre, les épaules basses, se tiennent face à Lartige et Giorgi, tous les deux armés. Henri lève la main, un geste lent qui enjoint au calme. L'attitude des deux hommes devient plus menaçante.

Une ombre frémissante, derrière Lartige et Giorgi, attire l'attention de Samuel. Il reconnaît la silhouette de Balder, en retrait, appuyé contre un arbre.

« Salaud ! pense-t-il. Henri était ton ami, lui aussi ! »

Il tente d'étouffer un cri de surprise. Trop tard. Lartige l'a entendu.

– Sors de là ! crie l'homme.

Samuel le voit lever le bras pour viser Henri. Il n'a pas le choix.

– Tes copains aussi.

Giorgi s'est avancé vers eux et les tient en joue. Les trois adolescents rejoignent Henri et Jean-Bosco.

– Vous tombez bien, lance Lartige, avec un sourire. Prends l'indicateur, Giorgi.

Samuel le dévisage sans comprendre.

– L'indicateur de l'endroit où est caché le missile : un pendentif et une tige, précise l'homme.

– Et après ? crache Samuel.

– Après, tout sera fini.

Au ton employé, Samuel n'a plus aucun doute sur ses intentions. Mais il n'a pas le choix : les deux objets sont restés chez le Moses.

– Pas de problème, lance-t-il d'une voix déterminée, en avançant d'un pas.

Il se rue sur l'homme à la cicatrice. Ce dernier est plus rapide. Il lui emprisonne la nuque, d'une main, et lui tord le bras, de l'autre.

Samuel ne sent plus que la douleur.

– Hatari, gémit-il.

Il a besoin de son aide.

Le fantôme a disparu. Samuel rassemble ses forces pour se dégager et y parvient à demi, mais Giorgi lui balaie les jambes d'un geste vif. Le visage contre le sol, Samuel cesse de lutter.

– Attache-lui les mains ! ordonne Lartige.

Samuel relève la tête. Derrière une tombe, marchant d'un pas prudent, il entrevoit Ugo qui avance vers eux, le doigt sur la détente. Il se force à regarder ailleurs, pour ne pas attirer l'attention sur lui.

– Alors, on en fait quoi ? demande Giorgi.

– Rien du tout ! grogne une voix derrière eux.

C'est Balder, vacillant, le visage si pâle qu'il a l'air de sortir d'un des cercueils qui les entourent, un pistolet au poing. Du sang séché s'étale sur le côté de sa chemise.

– Vous pensiez que vous pouviez me laisser crever dans un coin, hein ? J'ai encore assez de force pour vous flinguer.

– Lieutenant Balder... susurre Giorgi. Est-ce vraiment raisonnable ?

Samuel voit alors Ugo porter son index à sa bouche. Samuel hoche la tête.

Ugo s'avance parmi les tombes et, d'un geste nonchalant, pointe le canon de son automatique vers Balder.

– Je t'avais dit de rester tranquille, Samuel, soupire Ugo.

– Ce sont eux, Ugo ! Ils ont tué Tug. Arrête-les !

Lartige éclate d'un rire provocant.

– Ce gosse ne vous respecte pas plus que son père ne vous respectait, Ugo.

C'est au tour de Samuel de dévisager Ugo. Il ne comprend pas. Le flic a un rictus désolé.

– Que veux-tu que je fasse, Samuel ? répète-t-il en écho à leur dernière conversation, avec douceur cette fois.

Tout en parlant, il sort le pendentif et la tige de sa poche et les tend à Giorgi.

– Ugo ? Non ! Pas toi, bredouille Samuel, stupéfait.

Puis il ajoute :

– J'aurais dû comprendre. Hatari l'a senti, lui. Il a voulu t'arrêter. J'aurais dû lui faire confiance, au lieu de t'écouter. C'est toi, Phénix ?

Ugo ne répond rien mais son regard parle pour lui.

– Tug l'avait compris, reprend Samuel. Il allait te coffrer quand il est mort.

– Tug et sa morale… grince Ugo. S'il avait accepté de bosser avec moi, il serait toujours vivant. Mais il faut croire qu'il préférait rendre la justice pour un salaire de misère. Filer du fric à des réfugiés et passer des heures à essayer de leur obtenir des papiers.

Balder pousse un grondement d'animal sauvage, prêt à charger.

– Les choses sont juste un peu plus compliquées que prévu, murmure Ugo.

– Moi, je veux bien m'occuper des trois gamins, annonce Giorgi. Mais un deuxième flic, ça va se voir.

– Nous trouverons une solution, comme à chaque fois, intervient Lartige. Les autres, en ligne.

Il appuie ses paroles d'un mouvement de pistolet. Seul Samuel ne bouge pas. Il défie l'homme du regard, poings serrés. Giorgi sort un couteau et plaque la lame sur la gorge de Darius.

– Fais ce que je te dis ! ordonne Lartige.

Il ne peut continuer. Jean-Bosco lui saute dessus, en poussant un hurlement farouche. Mais Lartige le repousse des deux mains et Jean-Bosco vacille sur ses jambes. Lartige lève rapidement son arme. Le doigt presse la détente. La balle fuse.

Quelqu'un hurle.

Le temps s'étire.

Samuel crie, à son tour. L'instant d'après, il est allongé au sol, sur Jean-Bosco. Son côté gauche est glacé. Il a senti deux mains le pousser sur le jeune homme.

– Hatari ? murmure Samuel.

– *Samuel*, répond la voix froide d'Hatari à son oreille.

Puis le courant d'air froid le contourne, pour s'enrouler autour de Jean-Bosco. Le jeune homme écarquille les yeux mais, pour la première fois depuis longtemps, sourit.

– Levez-vous ! brame Lartige.

Ils s'exécutent.

– En ligne, j'ai dit !

Ugo s'est posté derrière Samuel pour le forcer à avancer.

Le jeune homme voit, du coin de l'œil, le visage affolé d'Hatari près de lui. Un peloton d'exécution. Voilà ce que Lartige est en train de former. Cette vision fait suffoquer le fantôme. Aussitôt, des images des massacres submergent Samuel. Un désespoir fou le prend à la gorge. Il envoie un coup de coude dans le ventre d'Ugo. Comme répondant à un signal, Darius et Jean-Bosco se jettent sur Lartige et Giorgi.

Samuel ne distingue plus ce qui l'entoure. Il entend les cris, les coups, aperçoit des silhouettes qui s'écroulent ou qui valsent entre les arbres. Il s'est retourné vers Ugo et s'est jeté de tout son poids sur lui. Le flic a vacillé puis a basculé sur le dos. Samuel le frappe au visage, réarme son bras. La paume ouverte du flic l'arrête. Samuel est rejeté en arrière et roule sur le sol. Il sent une semelle épaisse contre son cou et rouvre les yeux. Giorgi le contemple de haut avec un sourire et lève le talon.

Deux coups de feu retentissent. Giorgi s'affaisse brusquement. Samuel tourne la tête pour voir, face à face, Ugo et Balder, se tenant en joue. Les deux hommes se dévisagent. L'espace d'un instant, Samuel croit les voir esquisser un sourire, comme autrefois.

Puis il happe une bouffée d'air, bouche grande ouverte, et s'évanouit.

34

Niveau d'activité paranormale : 30

Samuel revient à lui, en sentant un contact doux sur son visage. On lui applique un mouchoir mouillé sur le front et les joues. Sa nuque repose sur les genoux de quelqu'un. En ouvrant les yeux, il voit les visages d'Henri et de Joanna au-dessus de lui.

Il se lève péniblement.

D'un coup d'œil, il avise Giorgi ensanglanté, la silhouette de Lartige, inconscient, couché à côté de lui et Ugo, debout, à qui Balder passe les menottes.

– C'est fini, annonce le flic.

Un calme étrange règne. Un trop grand calme.

Le courant d'air glacé qui signe la présence d'Hatari s'estompe peu à peu.

– Non… murmure-t-il.

Le fantôme s'en va, pour de bon. Mais quelque chose le retient. Samuel ressent sa douleur, jusqu'au plus profond de son ventre.

– Tu vois la porte ? marmonne soudain Darius à ses côtés, la gorge nouée.

– Quelle porte ?

Darius lui effleure l'avant-bras, très doucement. Devant eux, là où auparavant il n'y avait que l'allée et les tombes, une lumière est apparue.

– C'est incroyable, chuchote Darius, les yeux brillants.

La silhouette d'Hatari se tient devant la porte et, même si Samuel ne distingue pas son visage, aveuglé par la lueur scintillante, il est certain qu'il les observe intensément. Lorsqu'il s'habitue enfin à la lumière, il en a la confirmation. Son expression est étrangement calme et triste.

Samuel comprend qu'Hatari doit partir. Sa mission est terminée. Le fantôme hésite un court instant et s'avance vers Samuel et Darius.

Puis il leur adresse un signe de la main.

– *Murakoze*, souffle sa voix, entre les feuilles des arbres.

Darius sourit et traduit :

– Merci.

Hatari acquiesce et se tourne vers Samuel :

– *Umuntu wigihambaye.*

Sa voix n'est plus portée que par une brise légère.

Sans cesser de sourire, Hatari se tourne vers la porte.

Puis il se met à marcher, en paix.

35

Niveau d'activité paranormale : 30

Balder lâche son téléphone portable et sourit aux trois adolescents. Ce sourire soulagé est si inhabituel que Samuel met un moment à le lui rendre. Autour d'eux, à bonne distance les uns des autres, Lartige, Giorgi et Ugo ont été menottés, chacun contre un arbre.

– Les renforts arrivent, marmonne Balder, de son ton brusque. Et j'ai appelé ta mère, Sam.

– Merci, Balder, répond Samuel. Et je tiens à m'excuser.

– Pourquoi ?

– J'ai cru que c'était toi, le ripou.

– Aucune chance. Je risque pas de devenir trafiquant. J'ai horreur des armes.

– Dommage, pour un flic, intervient Henri, un rire dans la voix.

– Pas plus qu'un marabout qui déteste l'encens, riposte Balder du tac au tac.

Ils se sourient.

– Il y a décidément un peu de Tug en toi, s'exclame Henri, en posant sa main sur l'épaule du colosse. C'était une de ses blagues favorites. Merci pour ce que tu as fait.

– C'est fini, oui ? grogne le flic, le visage soudain renfrogné. Pas besoin de me remercier. Tug était mon ami. Je lui devais ça. Il m'a sorti plus d'une fois du pétrin.

– Comme le jour de l'interrogatoire ? demande Samuel.

Balder marque un temps d'arrêt et fronce les sourcils avant de lâcher :

– Pas exactement. C'est Tug qui a failli détruire cette petite frappe. Je l'ai coffré. Il était dans une colère terrible. Il n'arrivait plus à se contrôler.

– Pourquoi as-tu porté le chapeau ?

– Deux ans auparavant, j'avais merdé dans une enquête. Un de nos indics est mort à cause de moi. Tug a étouffé l'affaire. On fonctionnait ainsi, on se couvrait.

– Vos combines, crache Ugo, à côté d'eux. Et vous vous permettez de me juger... Tug ne valait pas mieux que nous.

Les yeux de Balder, furieux, roulent dans leurs orbites.

– Ne l'écoute pas, Samuel, rugit-il. J'ai juste empêché un bon flic de recevoir un blâme pour une erreur. Une seule erreur en comparaison de tout ce qu'il avait fait pour ces familles de sans-papiers... Et ce Giorgi les menaçait... Je regrette juste de ne pas avoir été là pour sauver Tug. Je n'étais pas de service, ce soir-là. Et Ugo a prétendu qu'il était malade. Maintenant, nous savons pourquoi.

Il fixe intensément Ugo qui ne répond rien. Il perd brutalement de sa superbe. Sa bouche tremble.

– Si je lui mets mon poing dans la figure, est-ce que je suis comme lui ? demande Samuel à Darius, venu se poster à ses côtés.

– La morale voudrait que tu te montres plus noble en laissant la justice rendre son verdict.

– Tu as raison, murmure Samuel. C'est important, la morale.

– Ça dépend des cas, souffle Joanna avec un rictus provocant.

Il lève le poing.

« Si tu dois faire mal à quelqu'un, regarde bien son visage, Sam », murmure la voix de Tug.

Samuel regarde Ugo dans les yeux. Ce qu'il y lit le bouleverse. De la lâcheté. Une absence totale de conscience. De la peur.

Samuel se détourne de l'ancien ami de son beau-père, avec une moue de dégoût.

– Et maintenant ? lance-t-il à Balder.

– Maintenant, ils vont se défendre devant un juge. Lartige et Giorgi pour trafic d'armes et meurtre. Giorgi n'aurait pas dû garder son Colt 45, celui qu'il a utilisé pour descendre Tug. Ugo sera jugé pour complicité et meurtre. Avec un peu de chance, nous pourrons prouver que le missile Milan volé à l'armée française et caché au Rwanda a été acheminé par le réseau de Lartige depuis le Congo, il y a dix-sept ans.

– L'innocence de Tug sera prouvée ?
– Et les honneurs lui seront rendus, à titre posthume. Compte sur moi.
– Les honneurs... objecte Samuel. Tug s'en fichait un peu.
– Détrompe-toi, rit Henri. On aurait entendu parler de ses décorations tous les jours.
Darius s'approche de Samuel et lui tapote l'épaule, nerveusement.
– Regarde !
Samuel lève les yeux vers la direction qu'il lui indique. Un tourbillon noir arrive sur eux. En son centre, Samuel reconnaît le visage du passeur, Mactar. Le fantôme semble affolé, attiré vers eux comme un aimant.
– Darius, éloigne-toi ! crie Samuel.
Trop tard. Le fantôme est sur eux et profite de leur énergie. Ses mains se matérialisent. Il frappe, atteignant Samuel au biceps, Darius au côté. Joanna pousse un cri. Henri et Balder se figent sans comprendre. Ils ne voient rien, que les deux garçons qui se plient et bondissent de côté, comme fous.
Samuel trébuche sur une pierre et s'affale sur le sol. Mactar est aussitôt sur lui. Son visage se crispe. Dans sa main, une pierre jaillit et s'apprête à retomber.
Samuel hurle.
Une autre vague de froid survient de toutes parts. Samuel sent un mouvement vif, ordonné et ferme. Le poignet du fantôme frémit. Puis Samuel aperçoit le fantôme de Mactar qui s'éloigne, comme entraîné.

Darius a réagi et relève Samuel.

– Ce n'était pas Hatari, crie Samuel. Ce ne pouvait pas être lui !

– Non, ce n'est pas lui, souffle Darius.

La porte par laquelle Hatari a quitté ce monde est apparue, à une cinquantaine de mètres, au fond du cimetière. Darius a pris la main de Samuel et ne la lâche pas.

– Regarde, il l'entraîne. Il lui montre le chemin.

Le fantôme de Mactar n'a plus de pieds déjà, et vole entre les tombes, à la suite d'une autre silhouette. Devant la porte de lumière, elle se rétracte et celle de Mactar disparaît.

Samuel repousse la main de Darius et se met à courir, slalomant dans les allées, à une vitesse folle.

Arrivé à quelques mètres de la lumière, il reconnaît l'endroit. Le petit arbre penché qui semble soutenir le mur du cimetière. La vieille tombe avec un pot ébréché. Le coin de terre et d'herbe. Et la tombe, récente, en pierre. Surtout pas en marbre.

Il lève les yeux. Une silhouette se tient tout près. Un homme, svelte, aux cheveux ébouriffés, à la pose détendue. Il esquisse un petit signe de la main puis la lumière le happe.

– Tug ! hurle Samuel en reprenant sa course.

Quand il arrive près de la tombe, la lumière décroît, puis disparaît. Il n'y a plus que celle du matin, un peu blafarde, et le froid timide de septembre.

– Tug, sanglote Samuel en glissant sur la terre.

Il sent la main d'Henri dans ses cheveux.

– Laisse-le, Sam. Il ne peut pas rester.

– Je ne veux pas ! rugit Samuel, fou de chagrin et de colère.

– Il est obligé de te dire adieu, murmure Henri. Tug n'a jamais aimé les adieux. Il disait qu'on était toujours minables, dans les départs. Alors que les débuts… C'était un homme de bonjour. Un homme des bons jours. Il a été présent au début de ta vie et c'est ce qui lui importait. Et je suis certain qu'il sait ce que tu as fait pour lui.

– Je m'en fous de ce que j'ai fait pour lui, gronde Samuel. Je veux…

Les sanglots l'empêchent de continuer. Henri s'agenouille près de lui et passe son bras autour de ses épaules.

– Tu voudrais juste qu'il soit là, moi aussi. Mais je m'accommode mieux que toi de l'absence, parce que je suis un vieil égoïste… Je t'ai, toi. Et quand je te regarde, c'est lui que je vois. Et tu sais quoi ?

Samuel renifle et secoue la tête.

– Moi, ce que je vois, c'est une chose qui était chère à Tug et pour laquelle il était prêt à se mettre à genoux.

– Le vrai visage des hommes ? avance Samuel, en se mouchant du revers de la manche.

Henri éclate de rire, lui ébouriffe les cheveux et chuchote :

– Le bon visage des hommes.

36

Niveau d'activité paranormale : 0

Un bruit de course les tire de leurs pensées. Samuel sent des bras qui l'entourent et reconnaît le parfum d'Emma. Il se retourne et prend sa mère dans ses bras. Elle éclate en sanglots.

– J'ai cru que je t'avais perdu. Et tu étais là... tu étais là...

Elle regarde la tombe de Tug.

– Je suis tellement désolée, sanglote-t-elle. J'aurais dû avoir confiance en toi.

Samuel ne sait pas si elle s'adresse à Tug ou à lui.

– C'était trop dur, Sam. Je ne voulais pas le croire.

– Henri m'a expliqué.

– Henri, sourit Emma au travers de ses larmes. Tu es le pire baby-sitter du monde. Je te confie mon fils et il risque la mort.

– C'est moi qui ai failli mourir, riposte Henri, si Samuel n'avait pas été là... Il a l'étoffe d'un flic, ce petit.

– Ne dis pas d'horreurs, mugit Emma. Jamais. Tu promets, Sam ? Jamais flic !

– Je ne crois pas que je sois très au point avec la loi, de toute façon.

– Avec la mienne, en tous cas, tu vas avoir de sérieux problèmes. Je vais te consigner jusqu'à tes vingt-cinq ans.

– Tu craqueras avant moi, prédit Sam.

– Je ne pense pas, non, sourit doucement Emma. Mais comment vous êtes-vous retrouvés là ? Dans ce cimetière ?

– Quand j'ai réussi à m'enfuir, j'ai vu Joanna et Ugo devant la porte. Ils m'ont demandé d'aller chercher Jean-Bosco. Je suis arrivé alors que Lartige et son sbire l'emmenaient. Je me suis interposé. Ils m'ont pris avec lui. Je les ai attirés ici, avec l'espoir que vous nous retrouveriez.

– Pourquoi ici ?

– Une intuition m'a suggéré que c'était le bon endroit.

Samuel regarde la tombe de Tug puis sa mère.

– Maman ? Je voudrais qu'on inscrive quelque chose sur la tombe. Une phrase de Victor Hugo.

– Tu lis de la poésie, toi ? s'étonne Emma.

– Plutôt mourir, soupire Samuel, dont les yeux pétillent.

– On fera ce que tu veux, mon grand.

Ils se sourient. Puis elle le serre contre elle, jusqu'à l'étouffer.

Jean-Bosco les interrompt, debout devant eux. Il prend la main de Samuel et la presse avec chaleur.

– Merci, Samuel.
– De rien. J'espère que la situation s'améliorera, pour ta mère et toi.
– Oui, tout ira bien, maintenant. Balder va nous aider, pour les papiers. Je vais devoir partir, avant l'arrivée de la police.
– Je comprends. Au fait... que signifie umuntu wigihalba... bo... ?
– Umuntu wigihambaye ?
– Oui.
– L'homme valeureux.
Samuel se tourne vers la tombe de Tug.
« Je crois que j'ai mieux assuré que toi, le bien-aimé. »
Il sait ce que Tug lui répondrait, les mains dans les poches, le menton relevé.
« Parce que tu crois qu'être aimé, c'est moins bien qu'être courageux ? Tu fais de la connerie une discipline olympique, mon grand... »
Emma ne comprend pas pourquoi son fils passe la main sur la pierre de la tombe et éclate de rire.

37

Niveau d'activité paranormale : 0

Joanna étend ses jambes nues sur l'accoudoir du fauteuil. D'un geste clinique, elle étale du baume sur les ecchymoses qui les tachent de violet. Elle porte un short en jean et un des pulls de Darius. Devant elle, Samuel regarde par la grande baie vitrée du jardin d'hiver.

– Je voulais te dire… commence-t-il.

– Je m'attends au pire, l'interrompt Joanna, railleuse, sans cesser de s'enduire de crème.

– C'était une bêtise.

– De quoi parles-tu ?

– Dans la cache, au hangar, explique Samuel, en penchant la tête, gêné. Tu sais bien que ça ne voulait rien dire.

Joanna a un sourire jubilatoire. Elle prend visiblement beaucoup de plaisir à le torturer.

– Rien de rien ? Vraiment ? demande-t-elle.
– Rien, confirme Samuel.
– Alors, pourquoi as-tu fermé les yeux ?
Samuel entrouvre la bouche, blessé.
– De quoi parlez-vous ? interroge Darius, en entrant.
Il porte un bas de pyjama et un tee-shirt bleu marine où il est inscrit : « Churchill Campus ». Détendu, il s'assied entre eux et ouvre un journal, d'un geste élégant.
– De ce qu'on fait quand on pense qu'on va mourir, lance Joanna, nonchalamment.
– Vaste sujet, rétorque Darius. Et que feriez-vous ?
Joanna glisse de son fauteuil, jusqu'aux genoux de Darius qui soupire, parce qu'elle froisse son journal.
– Des bêtises, Milord. N'est-ce pas, Sam ?
Samuel acquiesce. Son regard se soude à celui de la jeune fille. Ce qu'il y lit le rassure.
– Des bêtises sans importance, confirme-t-elle.
– Joanna, gémit Darius, alors que la jeune fille l'embrasse sur la joue. J'ai le visage en miettes.
Effectivement, des hématomes couvrent sa peau blanche, effaçant les taches de rousseur qui la parent ordinairement.
– Je le fais parce que je t'aime, dit Joanna, avec un sourire enjôleur.
– Tu sais très bien ce que je pense des effusions, grince Darius.
Mais il sourit.

– Il va falloir t'y habituer, mon pote, intervient Samuel en se levant et en lui tapant l'épaule d'un geste amical.

Darius grimace.

– Par pitié... geint-il. J'ai mal partout.

– Ça aussi, il faudra t'y habituer, riposte Samuel, soudain sombre.

– Pourquoi ? questionne Darius, inquiet.

– Je pense que ce qui nous est arrivé avec Hatari va se reproduire si nous restons ensemble.

– Tu ne comptes pas nous lâcher ? dit Joanna, en jouant avec une des boucles de Darius.

– Pas dans l'immédiat, sourit Samuel. Mais il faudra bien faire face à ces manifestations. Tu t'expliques, toi, Darius, pourquoi Tug est apparu ?

– Pas vraiment. J'ai senti son esprit quand la porte s'est ouverte pour Mactar. Il était là, à guetter, ou tu l'as peut-être appelé, sans t'en rendre compte, parce que tu étais en danger et à bout de forces.

– Oui. Et notre seul contact avec ce genre de phénomène, le Moses, n'est plus en mesure de nous donner d'informations à ce sujet.

– Sauf s'il revient d'entre les morts, lui aussi, suggère Joanna.

Les yeux de Samuel s'agrandissent.

– Ne dis pas d'horreurs, Jo.

– Ne m'appelle pas Jo, Sam.

– Un partout, commente Darius. Il doit y avoir d'autres marabouts dans le monde. On en trouvera bien un pour nous expliquer. Je ne suis pas inquiet.

– Tu n'es jamais inquiet, maugrée Joanna.

Samuel sourit et laisse son regard virevolter vers le ciel, par la baie vitrée. Le soleil se couche doucement. Le portable de Darius, posé sur la table, émet un bref signal. Darius prend l'appareil et écoute le message, le visage grave.

– Vous m'excuserez, lance-t-il. Je dois absolument rappeler mon père. Je crois qu'il n'est pas très content.

– Le mien était plutôt fier, fanfaronne Joanna.

Samuel lui jette un coup d'œil.

– Je ne m'étonne plus de tes réactions, avec l'éducation que tu as reçue, raille-t-il.

– J'ai pas trop eu le choix, murmure-t-elle.

Samuel se rappelle les confidences de Joanna à propos de sa mère. Elle a l'air triste, soudain.

– Tu sais, Joanna, souffle Samuel. Dans le hangar... tu avais raison. J'ai fermé les yeux. Mais ce... baiser n'a pas d'importance pour toi, si ?

– Si. Il en avait sur le moment. Il n'en a juste plus. Tu vois ce que je veux dire ?

– Je vois très bien, sourit Samuel. Je crois qu'on va pouvoir être amis, toi et moi.

Joanna lui prend la main avec douceur. Ils restent ainsi, en silence, se perdant dans la contemplation de la ville qui s'éteint.

– Mon père a appris toute l'histoire, annonce Darius en réapparaissant dans la pièce. Il était fou de rage. Il a même été grossier. En français, il ne faut pas exagérer...

Il voit la main de Joanna dans celle de Samuel et a un rictus nerveux, qu'il contrôle aussitôt. La jeune fille dégage ses doigts et prend le journal qu'il a abandonné sur la table.

– Grossier ? L'éminent professeur Doorman ? Grossier comment ? ironise-t-elle en froissant les pages, pour se donner une contenance.

– Il a dit… commence Darius.

Un sourire, entre la gêne et l'amusement, s'étale sur son visage quand il répète les paroles de son père :

– Tu me fais foutrement chier, my dear.

Samuel sent le rire monter le long de ses côtes et n'arrive pas à se retenir. Près de lui, Joanna frémit et l'imite aussitôt. Darius se laisse entraîner.

Ils rient, tous les trois, devant le ciel zébré de rose.

Puis Samuel retrouve son souffle. Il pense à ce que Tug lui dirait, avec son langage de charretier et de poète, tout droit venu de la rue.

« Tu as déconné, bonhomme. Tu avais quoi dans le crâne ? Comment j'aurais expliqué à ta mère ? »

Samuel lui répond, au travers de l'espace et du temps, par-delà la mort :

« T'aurais pas fait mieux, Tug. »

« J'aurais pas fait pire, c'est certain, andouille ! »

Samuel quitte sa voix intérieure et revient dans le jardin d'hiver. Joanna et Darius se sont tus. Ils lisent le même journal, leurs deux têtes collées l'une à l'autre.

Les yeux de Samuel glissent le long du petit nez de Joanna, de sa bouche parfaite, de son menton pointu, puis reprennent leur chemin vers le visage de Darius.

– Tu penses à quoi, Sam ? demande Joanna qui a senti son regard.

– À un chouette mec, murmure Samuel.

– Qui ? insiste la jeune fille.

Samuel marque un temps, hésite encore puis répond enfin, d'une voix pleine de sérénité :

– Mon père.

L'AUTEUR

Parisienne dans l'âme, Anne Fakhouri fait voyager les esprits vers l'ailleurs et au-delà. Faut-il y voir une conséquence de sa passion pour le père d'Alice au pays des merveilles et les chevaliers de la Table Ronde ? Elle enseigne le français en collège, ce qui ne l'empêche pas de maîtriser à merveille les langues de l'imaginaire. On lui doit *Le Clairvoyage* et *La Brume des Jours*, diptyque récompensé par le Grand Prix de l'Imaginaire 2010, *Narcogenèse*, un thriller fantastique et *L'Horloge du temps perdu*, aux éditions L'Atalante.

RAGEOT ✷ *THRILLER*

Hervé Jubert - **Vagabonde**

Tome I - Les voleurs de têtes

Dans la famille Bird, on est voleurs de père en fils ! Ou plutôt en fille en ce qui me concerne. Moi, c'est Billie. Mon père a été enlevé et ses ravisseurs exigent en guise de rançon de précieuses statues : « les têtes du zodiaque »...

Tome 2 - Le gang du serpent

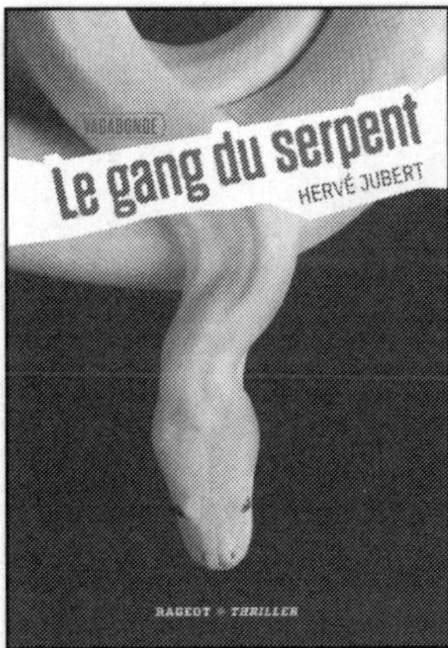

Pour sauver mon père et satisfaire ses ravisseurs, moi, Billie Bird, je dois m'emparer d'un pli cacheté à l'Académie des sciences. Mais un vieil homme me prend de vitesse et disparaît avec le pli ! De Cordoue aux Météores, je me jette dans une quête effrénée…

Tome 3 - Les mauvais joueurs

Désormais, les jours sont comptés pour réunir les têtes et reconstituer la machine du Temps, la seule chance de sauver mon père. De Prague à Berlin, je dois jouer serré pour démasquer ceux qui me manipulent…

RAGEOT ✹ *THRILLER*

Philip Le Roy

La Brigade des fous
Blackzone

Ils sont six. Hyperactif, geek, dépressif, autiste... placés dans une étrange institution. Leurs pouvoirs sont immenses, tout aussi grands que la tâche qu'ils devront accomplir.
Bienvenue dans la Brigade des fous...

Philip Le Roy

La Brigade des fous
Red code

La Brigade des fous doit relever un nouveau défi : infiltrer des lycées du sud de la France où la présence d'apprentis terroristes a été signalée.
Réussira-t-elle à se fondre dans la masse ?

Johan Heliot

Dans la peau d'une autre

Star de la chanson à 16 ans, Lydia dépend de ses managers. Séquestrée dans une clinique, elle comprend qu'on tente de la manipuler sous hypnose... et que le pire est à venir.

RAGEOT ✸ *THRILLER*

Charlotte Bousquet

Proie idéale

Morgane a disparu. Elle devait rencontrer un photographe pour réaliser un book afin de devenir top model.
Lancées sur ses traces, Ljuba et Cam comprennent vite que leur amie s'est laissé entraîner par un individu peu scrupuleux...

Charlotte Bousquet

Le dernier ours

Groenland, 2037. Avec le dérèglement climatique et la fonte des glaces, l'île n'est plus qu'une terre désolée. Anuri, dernier ours blanc né libre, est l'objet de toutes les convoitises.

Paul Halter

Spiral

La lande bretonne. Une demeure isolée, au vertigineux escalier. Une pièce interdite. Un propriétaire inquiétant et ses invités. Pas de réseau, aucune communication possible. Mélanie, qui s'imaginait passer des vacances tranquilles, s'affole...

RAGEOT ✵ *THRILLER*

Anne Beddingfeld

Le pacte des Assassins

Qui veut la mort de Jo Mendès ? Pourquoi des hommes au visage tatoué la poursuivent-ils dans les couloirs du Louvre ? Entraînée dans les ruines de Pétra en Jordanie, Jo devra défier les Assassins. Car elle est la seule à pouvoir rompre leur pacte...

Marin Ledun

Interception

Épileptique et victime de cauchemars récurrents, Valentine intègre un lycée-clinique expérimental. Le professeur Hughling décèle en elle un don prodigieux : l'interception.

RAGEOT s'engage pour l'environnement en réduisant l'empreinte carbone de ses livres. Celle de cet exemplaire est de :
518 g éq. CO_2
Rendez-vous sur www.rageot-durable.fr

PAPIER À BASE DE FIBRES CERTIFIÉES

Achevé d'imprimer en France en juillet 2013
sur les presses de Normandie Roto s.a.s.
Dépôt légal : août 2013
N° d'édition : 5958 - 01
N° d'impression : 132537